dear+ novel
hitomeboreni kiku kusuri ・・・・・・・・・・・・・・・・・・・・・

ひとめぼれに効くクスリ

小林典雅

新書館ディアプラス文庫

ひとめぼれに効くクスリ

contents

illustration：橋本あおい

ひとめぼれに効くクスリ

[hitomeboreni kiku kusuri]

その日の診療を終え、淡いグリーンで塗られた処置室で注射薬の残量を数えたり、滅菌《めっきん》済みの手術器具の補充をしていると、

「真白《ましろ》ー、こっちの片づけ終わったよー」

と男性看護師の笈川海来《おいかわみらい》がドアから顔を覗《のぞ》かせた。

「お疲れ様。こっちももう終わる」

あまり抑揚《よくよう》のない、初対面の人が聞いたら素っ気《そけ》なく聞こえるような平板《へいばん》なトーンで返事をし、乙坂《おとさか》真白は薬品棚の施錠《せじょう》をして部屋を出る。

「あー、今日も一日よく働いたね、俺たち」

並んで更衣室に向かいながら、水色のナースマンのユニフォームを着た海来が両肩をぐるぐる回す。

シャツとネクタイの上から白衣を着た真白は軽く頷き、

「明日は休診日《きゅうしんび》だし、ゆっくり休んで」

と本心から、でも口調は棒読《ぼうよ》み気味に告げる。

真白は形成外科の認定医《にんていい》で、開業したばかりの『乙坂クリニック』の院長を務めている。

実家も曽祖父《そうそふ》の代から続く病院で、父親も歳の離れた兄も遠方から執刀《しっとう》を希望する患者が来るような心臓外科のエキスパートである。

能弁《のうべん》な父や兄と違って真白は昔から口が重く、小さい頃はひとりで絵を描いたり、細々《こまごま》した

ものを工作するのが好きな子供だった。

もし自由に進路を選べるならデザインやものづくりに関わる方面へ行ってみたかったが、環境的に医学部以外は許されず、敷かれたレールの上を大人しく進むしかなかった。

ずっと「やらされている感」しかないまま医師免許を取り、いずれ実家の病院に戻るのを前提に大学病院で数年修行をするよう命じられ、一般外科に三年いたが、手を尽くしても患者が亡くなる場面に直面するたび心がすり減った。

なるべく人の死と関わらずに済む科に移りたいと思ったとき、ふとレジデントで回った形成外科のことが思い浮かんだ。

院内の形成外科は美容外科も標榜《ひょうぼう》しており、事故や病気で顔や身体の一部を損傷したり、欠《けっ》損《そん》した患者の再建術や、熱傷《ねっしょう》後の瘢痕《はんこん》など傷を目立たなくする治療や、先天的に指が五本以上ある人や口唇口蓋裂《こうしんこうがいれつ》、太田母斑《おおたぼはん》、生まれつき乳首がない人、逆に複数ある副乳《ふくにゅう》の人など、外観に悩みを抱えている人の外科的治療も行っていた。

携《たずさ》わった患者や家族が治療によりコンプレックスから解放され、笑顔が戻る場面が印象的だったし、死とも無縁で、ここなら自分も前向きに取り組めるかもしれないと思った。

形成外科の手技《しゅぎ》は病巣《びょうそう》の切除《せつじょ》や外傷の修復がメインのほかの外科手術よりも、創部《そうぶ》を丁寧に細かく縫合《ほうごう》することに神経を使い、普通の外科なら五針で縫《ぬ》う傷を倍以上の細かさで縫う。

病気になった人が根治《こんち》のためには手術しかないと言われて納得したとしても、術後に目立つ術創《じゅっそう》が身体に残るのは辛《つら》いことで、もし自分が形成外科的技術を身につけ、すこしでも綺麗な傷痕に留めることができれば、今後実家の病院に戻ってからも父や兄の役に立てるのではないかと思った。

父に形成外科に転科したいと伝えると、美容外科も扱うことに強い難色《なんしょく》を示された。曰《いわ》く、巷《ちまた》には儲《もう》け主義の仁術《じんじゅつ》も良心もない悪徳美容外科が横行《おうこう》し、誇大《こだい》広告を信じて被害に遭《あ》う人も多いのに、おまえがそんないかがわしい科に籍《せき》を置くなど許さない、豊胸術《ほうきょうじゅつ》や長茎《ちょうけい》術《じゅつ》を学ばせるために大学病院に預けたわけじゃない、馬鹿な寄り道はやめて、まともな心臓外科医になることだけを考えろと一喝《いっかつ》された。

初めて自分から希望したことを、まったく本意を汲《く》まない論旨《ろんし》で全否定され、真白の中で長年抑《おさ》えつけてきた鬱積《うっせき》が爆発した。

昔から父は兄と気が合い、真白のことは「おまえは誰に似たのか覇気《はき》も気骨《きこつ》もない」と叱咤《しった》することが多く、余計萎縮《いしゅく》して自己主張が苦手になった。

どうすれば兄のように愛されるのかわからず、逆らわないことが自分にできる唯一のことだったので、医者にはなりたくないと思っても言えずに医学部に入り、臨床《りんしょう》より病理《びょうり》や基礎研究のほうが向いていると思っても言わずに諦め、父の望むとおりに努力してきたが、結局気に入ってもらえないなら、いっそ一番期待外れなことをしてやる、という捨《す》て鉢《ばち》な気持ちになった。

そもそもは形成の手技を学びたかっただけで、美容外科はついでに齧《かじ》るくらいの気でいた。親にもらった大事な身体を傷つけてはいけないという強いポリシーはないが、機能的には問題のない健康な身体にメスを入れることに疑問もあり、美容外科医になろうと思ったことは一度もなかった。

でも、心臓外科が格上で、それ以外はクズと決めつけて意のままに操ろうとする父にいま反《はん》旗《き》を翻《ひるがえ》さなければ、このの ちずっと自分を殺して生きることになるかもしれず、それはもう嫌だった。

真白は父に、今後もう二度と実家には戻らないし、これから形成と美容外科の専門医の資格を取って、自力で美容外科クリニックを開業する、と宣言した。

それまで開業医になるという選択肢は考えたこともなかったし、自分にそんな大それたことができるのか自信もなかったが、一生に一度くらい全力で父の意に染まないことをしてみたかった。

美容外科は自由診療で診療代を好きに設定できるので、金儲けに血道《ちみち》を上げる美容外科が全国にチェーン展開し、法外な手術代を取ってろくに経験もないバイトの医師に施術《せじゅつ》させたり、安全性が定かではないものを注入したり、自分の家族にはとてもできないような処置をして、二度と元に戻せない惨《むご》い身体にしてしまう極悪な美容外科も存在する。

だからこそ、まともな技術と仁術を持つ美容外科医が増えなくてはいけないし、父への反抗心から選んだとはいえ、自分はなんとしても良心的な美容外科医になってやる、と心に決めた。

人を美醜《びしゅう》で判断するルッキズムには異論があるが、無人島や山奥ではなく社会生活を送る以上、どうしても他人の視線は避けられず、容貌《ようぼう》に関して口さがない人に心を傷つけられることもある。

子供の頃に鼻が大きいとか顎《あご》が長いなどの特徴をいじられ、大人になっても傷が癒《い》えずになんとか人並みになりたいと願う人や、おしゃれのつもりで入れた派手なタトゥーのせいで海や温泉にも行けず、婚約を破棄《はき》されたと嘆《なげ》く人など、美容医療で手助けできることもある。

勢いで決めた方向転換だったが、真白はその後三年間真剣に形成外科と美容外科の研鑽《けんさん》を積み、父からどんなに横槍《よこやり》を入れられても屈せずに、無事専門医の認定を取得した。

同時に開業準備も並行《へいこう》して行い、開院場所を探したり、診療に必要な設備・器具を揃えたり、独立に向けて奮闘《ふんとう》した。

共に働く相棒に選んだのは、小学校からの幼馴染の笈川海来だった。

海来は明るく人当たりよくざっくばらんな性格で、非社交的な真白とは正反対の気性だったが、愛想《あいそ》に乏《とぼ》しい真白に愛想を尽かすこともなく、長年親友づきあいしてくれる。

高校まで一緒に通い、大学は医学部と看護学部に分かれて勤務先も別だったが、開業準備中に海来を呼び出して事情を話し、

「先の保障はできないけど、すぐ潰《つぶ》れないように頑張るし、当たり前だけど、絶対に阿漕《あこぎ》な医

師にはならないから、一緒に働いてくれないかな」

と頭を下げてスカウトすると、海来は数秒黙ったあと、

「……わかった。ほかならぬおまえの頼みだし、聞いてやる。もし誰か知り合いが怪我したとか、いい美容外科を知らないかって聞かれたとき、自分の勤め先だからとか、親友だからとかじゃなくて、院長が誠実で腕がいいから来いって言えるクリニックにしてくれよ」

と笑って発破《はっぱ》をかけてくれた。

開業して半年、なんとか閑古鳥《かんこどり》が鳴くこともなく、無事従業員の給料も滞《とどこお》りなく払えている。誰かの顔色を窺ったりせずに自分の納得のいく仕事ができ、気心のしれた友と働けて、父には最後まで理解してはもらえなかったが、やっと自由を得られた喜びのほうが大きかった。

真白は「院長室」というプレートのついたドアを開け、海来を先に通してから後に続く。中には来客用の応接セットも置いているが、実質更衣室兼休憩室に使っており、奥に二台並んだロッカーの片側を開けて白衣を脱ぐ。

ハンガーからスーツの上着を外して袖《そで》を通していると、隣でカジュアルな私服に着替えていた海来が「あれ？」と振り向いた。

「今日はシュッとしてるじゃん。……や、別にいつもはヨレッとしてるっていう意味じゃないからね。普段から真白は大病院のボンボン臭が漂う小奇麗《こぎれい》なかっこしてるし」

「……フォローなのかよくわからないけど、これから医局の先輩と会う約束してるんだ。韓国

の美容外科学会に行ってきたそうだから、いろいろ話を聞かせてもらおうと思って」

元同僚の笹本《ささもと》は九十キロオーバーの肉付きのいい指先で繊細《せんさい》なオペをする尊敬できる先輩医師で、開業後も時々情報交換に連絡を取り合っている。

海来はロッカーの内側の鏡を覗いて、トリミングしたてのトイプードルを思わせる茶色いウェーブヘアを手櫛《てぐし》で直しながら、

「そうなんだ。……なんかごめんんね。真白が真面目に学会の話とか聞いて知識のアップデートに努《つと》めてるとき、俺はのんきに奨《しょう》ちゃんとデートなんかしてとたいして済まなそうでもなくにこにこと詫《わ》びてくる。

真白は片眉を上げ、口の端にうっすら苦笑を刷《は》く。

「……別にいいよ、いつものことだし。奨さんによろしく言っといて」

真白と海来の数少ない共通点は、お互い同性に恋愛感情を抱く性指向という点だった。

海来はいまの恋人に出会うまで、結構な場数を踏んでいる恋多きタイプだったが、真白は初恋が嫌な形で破れてから恋愛とは距離を置き、気づけば清らかなまま三十を過ぎていた。

元々人づきあいが苦手だし、中三で非処女になった海来の恋愛遍歴《へんれき》をリアルタイムで聞いていたら、自分には恋愛は高度すぎてとても無理かもという気になってしまったし、いまのところ独り身でも淋しくて死にそうというほどでもない。

いまはクリニックを軌道《きどう》に乗せることのほうが大事だし、やっと運命の人に出会えたと幸せ

いっぱいの親友のノロケを聞いているだけでなんとなく自分まで充たされて、特に切実な恋愛願望はなかった。

着替え終えた海来と共に部屋を出て、通用口の脇のセキュリティのスイッチを入れ、待合室側の電動シャッターが下りるのを確かめてから外に出る。

複数のクリニックが全階を占めるテナントビルを出て、駅に向かって並んで歩き出す。

恋人に「いま終わったから、これから行くね」というメッセージを送っていた海来が「あ」と呟き、スマホから顔を上げた。

「ねえ真白、奨ちゃんの知り合いの会計士さんが恋人募集中なんだって。結構イケメンだけど、会ってみない？　よければセッティングするよ」

「え……」

ほら、この人、と画像を見せられ、真白はチラッと目をやりかけ、すぐに足元に視線を落として首を振る。

「……お気遣いありがたいけど、そういうのはほんとにいいから……。もし自分だけ幸せで悪いとか思ってるなら、全然気にしないで。妬《ねた》ましいとか思ってないし、そうは見えないかもしれないけど、ノロケも心から楽しんで聞いてるし、俺にも誰か宛《あて》がってやらなきゃとか思わなくていいよ」

友達思いの海来は以前からよさそうな相手を見つけるたびに紹介の労《ろう》を取ろうとしてくれる

が、なんとなく腰が引けて、なんだかんだと理由をつけて断っている。

いつものとおり紹介相手の顔もろくに見ずに断ると、海来は案じるような表情で、遠慮がちに言った。

「……あのさ、真白が出会いのチャンスをスルーし続けてるのって、やっぱり昔のトラウマのせい……？」

え、と真白は目を瞠《みは》り、すぐに否定する。

「いや、それはもう全然関係ないけど……」

遠い昔のことなので生々しい傷ではないが、高二のとき、片想いしていた家庭教師の大学生に乱暴されかけたことがある。

それまで誰にも恋愛的に惹《ひ》かれたことがなかったが、相手が来る日が待ち遠しく、参考書の上でかすかに手が触れたりしただけでもドキドキして、もしかしたら自分も海来と同じように同性に恋する属性なのかもと気づいた。

ただ、相手には彼女がいると会話の端々からわかったし、ただでさえ日頃から疎《うと》まれがちな息子なのに、家族にゲイだとバレたらもっと失望されてしまうと怖《おそ》れていたから、恋心を伝える気なんて毛頭《もうとう》なかった。

が、いくら無表情を装《よそお》っていても、視線や態度で気づかれてしまい、ある日、母も家政婦も不在のときに、「真白くんて、俺のこと好きだろ？　いいよ、抱くだけなら。興味あるし」と突然いつも優しい憧《あこが》れの人が豹変《ひょうへん》し、暴力的に身を拓《ひら》かれそうになった。

勉強机に強く押さえつけられ、即物的に下だけずりおろされてねじこまれそうになったとき、運よく家政婦が買い物から帰宅してなんとか逃《のが》れられたが、ただ好きになっただけでこんな目に遭うなんてと傷ついたし、そんな相手に惹かれていた自分も情けなく、人を好きになることが怖くなった。

いまならもうすこし人を見る目がついたと思うが、上辺《うわべ》に騙《だま》されてはいけない、と慎重になりすぎて、なかなか気軽に出会いを求める気にはなれない。

海来は歯がゆそうな顔で口を尖らせた。

「会うだけ会ってみればいいのに。別に少女マンガみたいな出会いを夢見てるわけじゃないだろ？　俺、真白が仕事以外は精神的ひきこもりなの、すごくもったいないと思うんだよ。だって真白は医者で、自分のクリニックも持ってて、ちょっと口下手で愛想もなくてとうも立ってるけど、整形なんて一ミリも必要ない美形で中身も可愛いのに、なんで魔法使いになる条件満たしてんのか納得いかないし！　もし俺におまえのスペックがあったら、ばったばった男食いまくるよ！」

「……声大きいし、奨さんが聞いたら泣くと思うよ」

路上で叫ぶ友を諌《いさ》め、周囲の人目を気にしながら真白は小声で弁解する。

「……だから、俺はまだピンと来る人に出会えてないだけで、そういう人に巡り合えたら、俺だって頑張るよ」

「どこで巡り合う気なんだよ。家と職場の往復しかしてなくて、お膳立《ぜんだ》てしようにも逃げ回ってるくせに」

即座につっこまれ、真白は口ごもり気味に言葉を継ぐ。

「……どこって、それはわからないけど、縁があればどこかで会えるだろうし、いざという時が来たら、ちゃんと根性出すから」

本当かな、と自分でも思いつつ、適当にお茶を濁《にご》すと、海来も露骨《ろこつ》に疑わしげに「めちゃ嘘っぽい」とはっきり言う。

真白は親友を窺いながら、

「だから、海来がいろいろ心配してくれるのは嬉しいけど、いまの俺の最優先事項は海来やスタッフさんを路頭《ろとう》に迷わせないようにすることで、恋愛じゃないし……、でもいつかは海来みたいに誰かと心の通いあう関係になれたらいいなって思ってるし、完全に枯れ果ててるわけじゃないから、大丈夫だよ」

となんとか主張すると、海来はまだなにか言いたげにしつつも、一応退《ひ》いてくれた。

「……わかった。じゃあ、しばらく余計なことを言うのはやめるけど、真白はもうちょっと危機感と飢餓感《きがかん》を持ったほうがいいと思うよ。もう三十二なんだし」

「……はい」

ダメ押しされて小声で返事をしつつ、でも三十二なんて医者の世界じゃ全然若造だし、と心の中で呟いて己を励《はげ》ます。

改札口で海来と別れ、地下鉄に乗ったときも、別にいまのままでも不満はないし、一生出会いがなくても構わないんだけどな、と真白は思っていた。

すこしお節介《せっかい》だけどいい親友がいて、自分の城や砦《とりで》のような場所もできたし、好きになってくれるかどうかもわからない人と会って神経すり減らさなくても、ひとりで平和に暮らすほうが楽だし、とテンション低く思っていた真白の世界が一変するのは数時間後のことだった。

＊＊＊＊

笹本《ささもと》の行きつけの新宿の隠れ家レストランで、食事をしながら学会の話を聞く。

近年、世界で猛威《もうい》を振るった新型ウィルスは有効なワクチンと治療薬により沈静化《ちんせいか》したものの、完全には消えずに時折クラスターも起き、基本的な予防対策は続けられている。

ベンチタイムの要《い》らない新しい術式や最新機器について教えてくれたあと、笹本は言った。

「けど、ここまでして若返らせなきゃいけないのかなとか、どこまで行くんだろうって思ったよ。これで食ってる俺らが言うのもなんだけど、歳取ったら老《ふ》けるのが当たり前なんだし、本物の美男美女は少数しかいないからスターになれるわけで、自分まで同じ土俵《どひょう》に上がらなきゃって頑張らないほうが楽なのにな」

真白《ましろ》もグラスを口に運びながら、「同感です」と頷く。

クリニックに来るクライアントも「世の中結局顔」「第一印象で性格まではわからないし、見た目がすべて」「不細工《ぶさいく》より可愛いほうが得」「劣化《れっか》したら人生終わり」など、見目がよくないと存在価値がないという強迫観念に駆られているような人が多く、それは違うのでは、と違和感を覚えている。

笹本は肩を竦《すく》めて続けた。

「俺なんか、見た目で生死が決まる世界だったら即死しちゃうけど、顔で勝負してねえし。美と若さの追求に殉《じゅん》じたい人はすりゃあいいけど、違う価値観で生きたい人にまで努力が足りないって強要しないでほしいんだよな。もし突然暗闇の部屋にふたりだけで閉じ込められて、何日も過ごさなきゃいけなくなったら、美形でもネガティブでつまんない人間より、顔はどうでも一緒にいると心が明るくなるような楽しい相手のほうがよくねえか？」

そうですね、と相槌《あいづち》を打ちつつ、たぶん自分は顔が見えても見えなくても、間違いなくネガティブでつまらないと思われる側だ、と真白は無表情に気落ちする。

「こんな外貌《がいぼう》至上主義が罷《まか》り通ってる世の中がおかしいのに、みんなしてそれに合わせようとするから病《や》んじゃう人もいるんだよ。今日も外来に『この鼻のせいで昔から苛《いじ》められて、通りすがりの人にもバカにされます。はっきり言われたわけじゃないけど、そういう目で見るんです。この醜《みにく》い鼻さえ直れば僕は幸せになれる。どうか手術してください』って子が来たけど、全然普通の鼻でさ」

「典型的な醜形恐怖症《しゅうけいきょうふしょう》ですね」

醜形恐怖症は若い男性に多い心の病で、そこまで気に病むほどの欠点ではないのに、自分の容貌がひどく悪く思えてひきこもったり、本人の希望どおりに手術をしても決して満足することはなく、まず心療内科で心の問題をケアする必要がある。

笹本はフォークを皿に置いて言った。

「俺が言うと負け惜しみみたいだけど、もっと内面の美しさや成熟度や老いても瑞々《みずみず》しい心を尊《とうと》ぶ社会のほうが健全だよな。俺もクライアントの希望どおりにオペがうまくできて、感謝されたりするとうっかりやりがいも感じるんだけど、ほんとは目は二重《ふたえ》じゃなきゃいけないとか、貧乳《ひんにゅう》やシワは女として失格とか、若ハゲはダサいとか、デブは醜いみたいな画一《かくいつ》的《てき》な押しつけとか、基準から外れたら即アウト、みたいな風潮のほうを変えなきゃだめだって思うよ。ダイバーシティなんて言ってるけど、全然だよな」

本当にそうですね、と真白も共感する。

真白自身もゲイで、三十二で恋愛経験もないことを世間的な基準で考えれば肩身が狭いが、平均から外れていてもこれが自分なんだと堂々と胸を張るのもなかなか難しい。

クリニックにも貧乳や垂《た》れた胸を美乳にしてほしいと望む人が来るが、それが美しくないという判断の根拠は世間という他人の尺度《しゃくど》なのに、多くの人が真に受けて憂《うれ》えている。

真白は乳癌《にゅうがん》で切除《せつじょ》した患者の再建《さいけん》以外は安易に引き受けず、まずリスクについて説明し、手術をすれば理想の形にはできるけれども、シリコンバッグを入れる場所によっては脇の下や乳房の下に傷が残るし、乳首の感覚もなくなり、異物を入れるので毎日マッサージして予防しないと中で肉芽《にくげ》を作って拘縮《こうしゅく》し、野球ボールを入れたような硬い胸になって痛んだり、強打《きょうだ》するとバッグが破裂したり、いろいろと気遣わしい合併症《がっぺいしょう》もあるし、貧乳のどこが悪いのか、豊かなバストのほうが魅力的なんて男の願望に振り回されず、生まれ持った自分の乳を愛してあげてもいいのでは、と提案し、迷うならやめるように伝えている。

豊胸と二重瞼《まぶた》の製造工場のようなクリニックにすれば荒稼《かせ》ぎはできるが、真白が望んでいるのはそういう場所ではなかった。

価値観が似ている笹本と話し込んでいるうちに閉店時間になり、ふたりはマスクをつけて立ち上がる。

会計を済ませ、笹本から韓国みやげのポップンジャという野いちごのお酒をもらい、礼を言って店の前で別れた。

店の場所が地下鉄の駅と駅の中間に位置していたので、次の駅まで大通りを歩いていると、ふと前方のビル群の前に規制線が張られた昼のように明るい一角が見えた。

中にはクレーンカメラや煌々《こうこう》と辺りを照らすライト、スタッフらしき人々が蠢《うごめ》いているのが見え、どうやらなにかの撮影をしているようだった。

輪の中心にいるのが誰なのかはスタッフの背中に隠れてよく見えなかったが、なんとなく物珍しくて、覗き見しながら歩く。

真白は映画やドラマを見るときはストーリー重視で、あまり俳優個人に注目はしないが、クライアントから「こういう目にしてほしい」などと見本に俳優の画像を見せられることがある。

三十代の女性なら五十嵐琴里《いがらしことり》、二十代の男性からは真中旬《まなかしゅん》の名がよく挙がるので、そのふたりの顔ならすぐわかる。

ただ、誰かのパーツに似せてほしいというリクエストは医者泣かせで、そもそものベースが似ても似つかない場合は、なんとか実現可能な範囲で本人も納得のいく寄せ方をCG画像で検討するが、そっくりコピーするようにはならないし、人気の顔にははやりすたりもあるし、自分の中でもブームが去ることもあると施術前に伝えている。

ロケ現場にあと数メートルまで近づき、もし名前のわかる芸能人がいたら海来《みらい》に報告しよう、などと思いながら撮影現場に目を向けて歩いていると、横の脇道から出て来た若者グループのひとりと肩がぶつかってしまった。

「あ……、失礼しました」

よそ見をしていたので先に謝り、会釈《えしゃく》してそのまま行きかけると、

「ちょお待てや！　人にぶつかっといてそれで済むと思ってんのかよ！」

と腕を摑んで凄《すご》まれ、真白はギョッと目を剝《む》く。

どうやら飲み会帰りの学生のようで、だいぶ深酒《ふかざけ》したらしく、ユニオンジャック柄のマスクから強いアルコール臭《しゅう》の呼気《こき》を漂《ただよ》わせている。

真白は酒席《しゅせき》が苦手で、飲むとしても海来と家飲みする程度なので、泥酔《でいすい》した学生のうまいあしらい方がわからなかった。

四人組の学生たちはみな真白より図体が大きく、取り囲むように立たれて内心パニックになる。

マスクの中で歯の根をカタカタ震わせながら固まっていると、

「なに頭悪そうなガキが因縁《いんねん》つけてんだみたいな目で見てんだよ！」

とさらに因縁をつけられる。

そんな顔はしていません、と必死に言いかけたとき、ユニオンジャックに腕を摑まれたまま引きずるように裏通りに連れ込まれ、シャッターの下りた店の壁にドンと押しつけられた。

ヒッと引き攣《つ》って恐怖におののいているのに、表情筋が麻痺《まひ》して冷静そうに見えたらしく、

「だからその小馬鹿にした目で見んなっつってんだろ！」

と喚《わめ》かれる。

誰かに助けを求めようにも、裏通りにはほかに人影がない。

後ろからついてきた三人の仲間たちも「おいおいケンゾー、暴力はいけないよぉ」などと怪しい呂律《ろれつ》で言いながら、へらへらと傍観《ぼうかん》を決め込んでいる。

叫んでも誰の助けも期待できそうもなく、なんとか自力でこの場から逃げなければ、と能面《のうめん》のような顔で考えていると、

「おにーさん、運悪かったねえ。今夜のケンゾー、振られて大荒れでさぁ。店でも片っ端から絡み酒で」

とドクロマークのマスクをした男子が言い、「うるせー！　振られた言うなー！」とユニオンジャックが絶叫し、仲間たちが柄物《がらもの》マスク越しにゲラゲラ笑う。

真白は必死に唾《つば》を飲み込み、なんとか穏便《おんびん》に済ませようと勇気を振り絞《しぼ》って言った。

「……それは、大変お気の毒でしたが、失恋するにはまず恋をしたわけで、私から見たら失恋まで行けたなんてすごいと感心しますし、先ほどぶつかったことについてはすでに謝罪もしました。軽く当たっただけですし、そちらも若干《じゃっかん》前方不注意でもあったかと思うので、痛み分けということで、もう解放していただけないでしょうか」

内心怖《おそ》れおののいているのに声が一本調子で理路整然に聞こえたためか「バカにしてんのか

コラァッ！　慰謝料よこせや！」とユニオンジャックが荒ぶる。

「ダメだよケンゾーくん、それじゃ恐喝《きょうかつ》になっちゃうから、合法的に寄付してもらおうよ。見たとこ、おにーさん、いいとこに勤めてそうだし、失恋男子と就活全滅男子の可哀想な俺らに善意の寄付、頼めないっすかね？」

ドクロマークがそう言うと、迷彩《めいさい》柄のマスクとたらこ唇のマスクをつけた仲間が「寄ー付、寄ー付」とイッキコールのようなノリで真白の抱えた鞄《かばん》や韓国酒の紙袋に手を伸ばしてくる。

もう金ならやるから消えてくれ、と言おうとしたとき、一緒に鞄を漁《あさ》っていたドクロマークが真白の名刺入れを見つけ、「クリニックの院長って、おにーさん、リーマンじゃなくて医者なの？」と聞いてきた。

もし認めたらもっと大金を寄こせとゆすられたりはしないか、と一瞬躊躇《ちゅうちょ》したとき、「うわ、なんだこのグロい本！」と迷彩柄マスクがわめいた。

鞄からドイツの美容外科医監修の手術マニュアル本を取り出し、エラが張った人の輪郭《りんかく》の修整に顔面骨《がんめんこつ》を削《けず》る手術の写真や、目の下のたるみをなくすために皮膚を切開《せっかい》して脂肪を切除する写真、欧米の女性に多い巨乳を小さくする乳房《にゅうぼう》縮小術などのカラー写真をめくっては「キモッ、ホラーじゃん！」とぎゃあぎゃあ騒ぐ。

「おにーさん、こういう整形手術とかするお医者さんなわけ？」

ドクロマークに問われ、仕方なく真白は小さく頷く。

途端にユニオンジャックが「マジかー！」と咆哮《ほうこう》し、真白は壁に押しつけられたままビクッと震える。

ユニオンジャックは血走った酔眼《すいがん》で真白を睨《にら》み、

「俺ぁなぁ、あんたらみたいな医者がこの世で一番嫌いなんだよ！」

と憎々しげに吐き捨てる。

襟首《えりくび》を締め上げられて蒼白になりながら、

「……『あんたらみたいな医者』とは、美容外科医のことでしょうか？　理由を伺っても……？」

と声を絞《しぼ》りだすと、「ここで会ったが百年目っつう恨みがあんだよ！」とユニオンジャックが吠える。

「……去年、エロマンガサイトのバナーで『包茎《ほうけい》男子とはシたくない！　それが女子のホンネ。百害あって一利ナシ、心当たりのキミはいますぐＧＯ！』っていう広告マンガを見て、ヤベって思って予約入れたら、手術台で麻酔かけた状態で『君の股間は特殊な形だから、追加で三十万かかる』って値上げされた挙句、なんか雑に縫《ぬ》われて余計みっともねえし、皮も短く切られすぎてひっつれるし、散々《さんざん》な目に遭ったんだよ！」

悪徳包茎手術専門業者に引っかかってしまったらしく、真白はユニオンジャックに同情する。

「……それは、本当にひどい目に遭ってしまいましたね。拝見していないので断言はできませんが、おそらくあなたの股間は一般的な形状で、詐欺《さぎ》的に手術代を上乗せされてしまったのかと。本来、勃起《ぼっき》すれば亀頭《きとう》が包皮《ほうひ》から出てくる仮性《かせい》包茎なら手術の必要はありません。癌《がん》になりやすいというのも根拠はなく、入浴時にちゃんと剝《む》いて内側まで洗えば衛生面の問題もないですし、手術が必要なのは真性《しんせい》包茎だけです。そちらは保険適応ですし、仮性でもちゃんとした形成外科や泌尿器科《ひにょうきか》なら適正価格で手術を受けられたかと」

胸倉を摑まれながら、なんとか正しい情報を伝えて、その悪徳医者と自分は違うとわかってもらおうとしたが、「なんだとー！　俺はやんなくてもいい手術に百万も取られたのかよ！」と余計憤《いきどお》ってしまい、周りも「嘘、もったいねー」「つかケンゾー、包茎だったんだ」「つかクールビューティーなおにーさんの口から『亀頭』とかばんばんでてくるのがウケる」と口々に言う。

たらこ唇のマスクが「じゃあ、せんせえ、これちょうだい」と野イチゴ酒を掲《かか》げ、「ケンゾーちゃん、ちんこは不憫《ふびん》だけど、これでも飲んで機嫌直して」と差し出すとユニオンジャックは瓶《びん》を受け取り、据《す》わった目を真白に向けた。

不穏《ふおん》な色合いにたじろいだ瞬間、ガシャンと顔の横に瓶を叩きつけられ、ピシャッと中身が顔に跳ねた。

ヒッと目を剝く真白のマスクに赤紫の染みが飛び散り、この場の緊迫感にそぐわない甘ずっぱい香りが嗅細胞《きゅうさいぼう》に届く。

ユニオンジャックは割れた瓶の鋭い切っ先を真白の鼻先に突き付け、「同業者も同罪なんだよ」と理不尽に断罪した。

さすがに仲間たちが「ちょ、ケンゾー、やりすぎ」「脅《おど》かすだけにしとけよぉ」「寄付してもらうだけでいいじゃんか」と取り成そうとするのを「うるせー！」と一喝《いっかつ》する。

「連帯責任であんたも同じ目に遭わせてやる。ちんこにギザギザの傷つけてやっから、自分で縫いな」

言いざまトラウザーズの前立てに片手を伸ばされ、真白が恐怖に掠《かす》れた声で「や、やめ……っ！」と抗《あらが》おうとしたとき、

「……おい、そこでなにしてる」

と通りの入口から低い声がした。

誰か来てくれた……！　と思わず安堵に潤《うる》みかけた目で声の主を見て、真白はサァッと顔色を失う。

肩を怒らせてこちらに近づいてくる男の姿はどう見ても「その筋の人」で、凶器を握るケンゾウの手首をねじりあげ、

「こんな物騒《ぶっそう》なもん振り回してイキがってんじゃねえぞ、ガキが……！」

とドスの利《き》いた啖呵《たんか》と同時に瓶を叩き落とした。

「まとめて痛い目見たくなけりゃ、とっとと失せろ！」

ビリッと鼓膜が震えるような胴間声《どうまごえ》に「ひえっ」とドクロマークたちが震えあがり、「お、おいケンゾー、やべーよ、本物さんが来ちゃったよ」「早く行こうぜ」「殺されるぞ」とうろたえ「さーせんでしたー！」「おにーさん、ごめんねー！」と蜘蛛《くも》の子を散らすように逃げ去った。

あっという間に消えた四人組を呆然と見送り、真白はハッとしてもうひとりの人物を恐る恐る窺う。

髪をオールバックにした長身の相手の横顔には大きな傷痕が走り、ピンストライプの紺のスーツ、白いクルーネックのインナーにゴールドの太いネックレスなど、絵に描いたような「ヤクザの若いもん」の出で立《いた》ちだった。

急所に危害を加えられる寸前で助けてくれた救世主で、本来ならすがりついて感謝したいところだが、もしも泥酔学生より怖い極道だったらどうしよう、と再び真白の歯の根が合わなくなる。

でも、いくらヤクザでも恩人に変わりなく、ちゃんと御礼を言わなくては、と真白が震える唇を開こうとしたとき、相手がくるりと振り返った。

「大丈夫ですか？　スマホとかカードとか盗《と》られたりしてませんか？　……あっ、マスクに血みたいのがついてますけど、もしかして殴られちゃいましたか？」

「……え？」

最前《さいぜん》とガラッと雰囲気の違う善良な若者口調で気遣われ、真白は目を瞬《しばたた》く。ド迫力の低音ではなく、耳に心地いい爽《さわ》やかな声のトーンや、瞳にも先刻の鋭い眼光とはうって変わった人懐こそうな色合いが浮かんでおり、真白は内心戸惑う。

反社会的勢力に属する方々と交流がないのでよくわからないが、もしかすると常にオラオラしているわけではなく、カタギにはフレンドリーに接するものなのかもしれない。

すこし緊張を解き、改めて相手をよく見ると、思ったより随分歳が若いようで、黒いマスクで顔の下半分が覆《おお》われていても、絶対にハンサムだとわかる整った目鼻立ちの青年だった。

なんとなくヤクザにしておくのがもったいないような気がして、もし頬の傷痕をレーザーで薄くしたら、充分モデルでも通用しそうなのに、と思わず治療計画を練りかけ、真白はハッと我に返る。

いや、なにかやむにやまれぬ事情があって裏社会に入ったのかもしれないし、ヤクザなのに怪我はないか気遣ってくれたんだから、早く返事をしなければ、と真白は慌てて口を開いた。

「……だ、大丈夫です、この染みは血ではなく野イチゴのお酒で……」

相手が極道と思うせいか、心臓がやたら速く脈打ち、自分がなにをしゃべっているのかわからなくなってくる。

いや、違う、怪我はしてないと言いたかったんだ、と思い出し、真白は急いでマスクを外しながら続けた。

「この通り無事です。殴られたりはしていません」

殴打《おうだ》のあとはないことを示したくて素顔を晒《さら》すと、相手の目がすこし驚いたように見開かれた。

真白はまたハッとして、しまった、ヤクザでもウィルスは気にするだろうし、うつす気かとさっきみたいな怒声《どせい》を浴びるかも、と無表情に狼狽《ろうばい》しながら急いでマスクを再装着《さいそうちゃく》し、

「し、失礼しました。殴られてないと証明したかっただけで、ワクチンもしてますし、検査もずっと陰性ですので」

と弁解する。

相手はややきょとんとしてから、「そうですか」と瞳におかしそうな笑みを覗かせる。

その途端、胸の奥にさわりと風が吹きぬけるような心地がしたが、ますます鼓動が落ち着かなくなり、

「は、はい。あとなにか盗られたものはないかとご心配いただきましたが、恐喝されただけですし、股間を切りつけられそうになったときにあなたが来てくださったので助かりました。本当にありがとうございました」

と相変わらずなにを言っているのかわからないまま変な御礼をすると、相手は「え、股間を……？」とぎょっとしたように目を見開き、やや訝《いぶか》しむように眉を寄せた。

「なんでそんなところを狙われるんですか？　……もしかして、ただ絡まれてたんじゃなくて、

恋人を寝取ったとか痴情《ちじょう》のもつれで揉《も》めてたとか……？」

三面記事のようなあらぬ疑惑を口にされ、真白は驚いて真顔で否定する。

「とんでもないです、恋人いない歴三十二年なのに、人様の恋人を寝取るなんて、そんな無礼で高度なことはとても……」

動揺して余計なことまで口走りながら、真白は急いで路上に投げ出された鞄を拾い上げ、名刺入れから一枚取り出して相手に渡す。

「実は、私はこういう者で、さっきの学生さんがよその美容外科でひどい目に遭ったそうで、その逆恨みで同じ目に遭わせてやると脅されたんです。彼らとはまったくの初対面で、痴情のもつれなんて一切ありませんので」

なぜか相手には尻の軽いふしだらな人間と誤解されたくなくて、身の潔白を懸命に訴える。

相手はまた面白がるような色を目に浮かべ、

「そうなんですか。すいません、変なこと言って。さっきマスク取ったときにすごく綺麗だったから、そういう系のいざこざだったのかなと思っちゃって」

とさらっと言われ、真白は真顔で固まる。

そんないざこざは無縁もいいところだし、さすがヤクザは若くてもキャバ嬢とかに綺麗だとか言い慣れているのかも……、とドギマギしながら返事に詰まっていると、相手は手元の名刺を見つめ、

「これ、『おとさかましろ』さんという読み方で合ってます？　なんか芸名みたいに素敵なお名前ですね」

と目を上げてニコッと笑んだ。

その瞬間、胸の中をぎゅっと摑まれたような衝撃が走る。

それがなんの病の兆候《ちょうこう》か自己診断する前に、相手の右手からぽたっと血が滴《したた》ったのに気づき、真白はハッとする。

「あの、手から血が……、拝見しても？」

「え、血？」

驚いた声を出す相手の右手を取り、袖《そで》を肘《ひじ》までまくって確かめると、前腕《ぜんわん》に三センチほどの新しい裂傷《れっしょう》ができていた。

「……もしかして、さっき助けてくださったときにガラスで切れてしまったのでは……」

真白が恐縮しながら見上げると、

「あ、そうなのかな、全然気がつかなかった。……やばいな、血ぃつけたら衣装さんに怒られる」

と相手は傷より袖口の汚れをしきりに気にしている。

衣装担当の人がついているなんて、この人は若くても鉄砲玉クラスではなく、組長の息子とか、若頭《わかがしら》見習いとか、上のほうの立場なのかもしれない。

そんな人に怪我をさせたなんて、今度こそフレンドリーじゃない組の上層部に仁義なき落とし前を要求されるかも、と内心震えあがりながら、

「暗いのではっきりしませんが、ぱっくり切れているようなので縫ったほうがいいと思います。……あの、私がやりますので、いまからうちのクリニックにご一緒していただけますか……？」

とおののきつつ言うと、相手は困ったように首を振った。

「ちょっといますぐは無理です。向こうに救急箱持ってるスタッフさんがいるので、絆創膏《ばんそうこう》もらってなんとかしますから」

いまは無理って、なにか火急《かきゅう》の出入りでも控えてるんだろうか、それに『スタッフさん』というのもお付きの組員がそばにいるのかも、と怯《ひる》みながら、

「……じゃあ、その用事が済んだら救急受診をお勧めします。ええと、一応ティッシュで押さえておきますね」

とガーゼの代わりに綺麗なティッシュを厚く当ててハンカチを巻いて止血《しけつ》する。

「本当に申し訳ありませんでした。病院を受診されたら、治療費はお支払いいたしますので、名刺の連絡先にご請求ください」

そう言って頭を下げると、相手は「いえ、そんな」と首を振り、真白の巻いたハンカチを指差した。

「これだけやってくれれば充分だし、傷は気合いでくっつけますから。……いま、ドラマの撮

影中で、出番待ちなんです。だから血なんて根性で止めないと」

「え、撮影……？」

突然出てきた意外な言葉に真白は目を瞠る。

さっき大通りでロケの現場は見たが、目の前の相手とどう繋がるのかわからず首を傾げると、

「実は俺、駆け出しの役者なんです」

とすこし照れたような、でもひそやかな矜持《きょうじ》も感じさせる声音で告げられた。

「……役者さん、だったんですか……」

また意表を突かれて繰り返すと、相手はすこしおどけた目をして頷く。

「はい。でもまだ全然無名なので見たことないですよね。今回も『組員B』の役で、台詞《セリフ》も『どこ目ぇつけとんじゃ、ワレェ！』だけだし」

また真に迫った台詞回しに真白はギョッと身を固くし、

「そ、そうだったんですか……。すみません、存じ上げず……、てっきり本物のその筋の方かと……」

それくらい怖かったです、と最初の啖呵を思い出しながら口走る。

たしかに言われてみれば、ヤクザにしてはフレンドリーすぎて違和感はあったが、ヤクザ役の俳優とは想像が及ばなかった。

駆け出しでも本物の芸能人だったのか、やっぱりヤクザにしておくのはもったいないと思っ

た、とひそかに自分の眼力《がんりき》を自讃《じさん》する。

でも、新人とはいえ芸能人に「知らない」というのは一番がっかりする失言だったかも、と焦《あせ》っていると、相手はマスクの下で笑みの形になったのがわかるくらい口を大きく開き、

「わぁ、そんなに本物っぽく見えました？　やったー、めっちゃ誉め言葉です。芝居がうまいって言われたみたいで嬉しい」

と真白の心配をよそにポジティブに受け取って喜んでくれ、その屈託《くったく》のない笑顔にまた胸がぎゅっと疼《うず》く。

さっきからどうしたんだろう、と自分の胸の反応を訝しみながらも、もっと相手の笑顔が見たい気がして、懸命に誉め言葉を口にする。

「……その、お芝居、本当にお上手なんじゃないでしょうか。さっきの啖呵も、いまの台詞も、あなたではない別の人が言っているみたいでしたし……」

もっと率直な賛辞を言いたいのに、なんとなく照れくさくて殊更素《ことさらそ》っ気《け》ない口調になってしまい、お世辞と思われたかも、と気を揉んでいると、相手はおおらかに目許《めもと》を緩《ゆる》ませた。

「ほんとですか？　ありがとうございます。本番も頑張ります。……じゃあ、俺もう行かないと」

軽く会釈して表通りに行きかけた相手を、真白は思わず「あの！」と引き留めていた。

「え」と振り返った相手と目が合い、どうして声をかけてしまったのか自分でもわからず、無

表情に慌てふためく。

きっとなにか言いたいことがあって呼びとめたはずなのに、ただドキドキするばかりで言葉が浮かばない。

「頑張ってください」か「本当にありがとうございました」と言えばいいか、でもわざわざ呼びとめてそれだけなんて、単に離れがたくてしつこく引き留めたと思われるかも、とぐるぐる焦り、なにか正当性のある理由を思いつかなくては、と必死に思考回路をフル回転させる。

やっとひとつひねり出し、真白は平静を装《よそお》って事務的な口調で言った。

「……その傷の件なんですが、撮影後に受診するなら他院ではなくうちのクリニックにお越しいただけませんか？　明日は休診日なので何時でも構いませんし、私のせいで怪我をさせてしまった責任を取らせてほしいんです。形成外科が専門なので、他科より綺麗に治しますから」

医師として当然のことだし、どうしてかわからないが、相手とこのままここで終わりになりたくなかった。

彼は軽く眉を上げ、

「や、そんな責任感じてくれなくて大丈夫ですから。リストカットみたいな派手な切れ方だったらさすがに困るけど、これくらい舐《な》めときゃ治るんで」

あっさり言う相手に真白は食い下がる。

「いいえ、舐めるだけじゃダメです。もし他院で下手な医師に縫われたら、役者さんの大事な身体に傷痕が残ってしまうし、そんなことになったら私の気が済みません。お願いです、私に処置させてください」

なぜここまで必死になっているのか自分でもおかしいと思いつつ言い募《つの》ると、相手はしばしの間のあと頷いた。

「……えっと、わかりました。そこまで言ってくれるなら、お願いします。けど、今晩の撮影がいつ終わるかわからないので、明日の……昼ぐらいになっても大丈夫ですか？」

その言葉に、

「はい、もちろん。お待ちしています」

と冷静を装いながら、真白は（やった！）と心の中で叫ぶ。

でもなにが「やった」なんだろう、医師としての責務が果たせるからだろうか、と自問していると、撮影現場に走って戻ろうとした相手が足を止めて振り返った。

「俺、『神永怜悧《かみながれいり》』って言います。本名なんですけど、『乙坂真白』さんくらい、芸名っぽくないですか？　よかったら覚えてください」

にこっと好感度の高い笑顔を向け、相手は「じゃ」とピンストライプの極道衣装を翻《ひるがえ》して路地から走り出て行った。

ひとりぽつんとその場に立ち尽くし、

「……神永、怜悧くん……」

と真白は覚えたての名前を唇に乗せる。

その七文字を呟くだけで、なにか特別な呪文《じゅもん》でも唱《とな》えたように気分が高揚する。

「よかったら覚えて」なんて、きっと営業用の常套句に違いないけど、もう一生忘れないくらいしっかり覚えました……！　と真白は心の中で熱く断言する。

最初に風のように現れて泥酔学生の暴行から守ってくれた場面から、最後の爽やかな笑顔まで、自分の目に映ったすべての残像や耳にした言葉、二度も自分の名をフルネームで呼んでくれた声を鮮《あざ》やかに思い浮かべ、真白はよろりと背後の壁にもたれかかる。

……どうしよう、特別な人に出会ってしまった気がする。

なぜ彼の前でずっと鼓動がうるさく騒いで痛んだりしたのか、なんの病に罹《かか》ったのかやっと診断がつく。

恋なんてしなくてもいいと思っていたのに、たぶん彼にひとめ惚れしてしまった。

見た目だけじゃなく性格もよさそうだったし、きっと暗闇に閉じ込められて顔が見えなくても、ずっと楽しく話ができるタイプの人だという気がする。

あんなにかっこよくて、強くて、おおらかで、そんな人が身を挺《てい》して危機を救ってくれたら、誰だって好きになってしまうだろう。

ただの吊り橋効果なのかもしれないけど、もし別の出会い方をしたとしても、あの人に出会ったら、自分は絶対恋してしまう気がする。

きっと、さっきも無自覚に恋に落ちていたから、本当に離れがたくて、いつもの自分なら決してしないようなガッツを見せて、なんとか引き止めたり、次に会う機会を必死に作ろうとしたのかもしれない。

いざというときには自分だってちゃんとやれると海来に言ったときは口先だけ誤摩化したつもりだったが、本当にやる時はやれるじゃないか、と自分を誉めたくなる。

……でも、いくらこっちが一方的にひとめ惚れしたところで、彼のような若くて素敵な子が、三十すぎの能面みたいなつまらない男を恋の相手にしてくれるわけがないし、すでに可愛い彼女だっているかもしれない。

そもそも相手は駆け出しとはいえ芸能人で、好きになっても手が届く相手じゃない。せっかく長らく縁のなかった甘い感情が胸に芽生《めば》えた途端、速攻で忘れなくちゃいけないのか、と無表情にしょぼんと落ち込みかけ、真白はハッと目を上げる。

……いや、別に忘れる必要はないかもしれない。

だって相手は芸能人で、不特定多数の老若男女が好きになってもいい存在だし、その中にこっそり三十二の男が混じっていても、本人にバレなければ問題はないはずだ。

彼がストレートでも、個人的に結ばれたいなどと高望みせず、純粋に前途有望な新人俳優を応援することに徹すれば、ひそかにファンやタニマチとして熱愛しても許されるから、むしろ彼が芸能人でよかったかもしれない。

真白は湧き出る想いをまともな方向に向けて即失恋するよりも、「推《お》し」への愛という形で昇華《しょうか》する道を選び、この日から神永怜悧という沼にずぶずぶに嵌《はま》ることになったのだった。

＊＊＊＊＊

翌日、真白《ましろ》は早朝から乙坂《おとさか》クリニックに駆けつけ、目につくところを掃除しまくり、それが終わると院長室に籠《こも》って「神永怜悧《かみながれいり》」と検索して出てくる情報を熟読しながら相手の来院を待った。

公式プロフィールでは芸歴一年の二十歳で、身長一八二センチ、体重六六キロ、岡山県出身、大学一年のときに現在所属する芸能事務所ジェムストーンにスカウトされ、いまは俳優養成所に通いながらバイトとオーディションを受ける日々で、端役《はやく》で何作かドラマや映画に出ているが、まだ大きな役は摑んでおらず、本人の申告どおり駆け出しのようだった。

でも大丈夫、あの子はきっと成功する、と母心で呟き、むしろ無名の下積み時代から目をかけて推《お》せるなんてレアかも、と長く愛せる喜びを噛みしめる。

本人のツイッターや数日毎《ごと》に配信されている『新人役者・神永怜悧の修行《しゅぎょう》ＤＡＹＳ』という動画チャンネルも開設されていることに気づき、未開封のプレゼントの山を前にしたような気持ちでホクホクしながら目を通していると、昼過ぎに一本の電話がかかってきた。

『こんにちは、あの俺、昨夜《ゆうべ》新宿でお会いした、』

「神永怜悧さんですね」

第一声を聞いただけで舞い上がり、食い気味に引き取ると、電話の向こうですこし驚いたような間があり、くすりと笑んだような気配が伝わった。

『はい、そうです。あの、昨夜は親切に言ってくださったので『お願いします』って言っちゃったんですけど、やっぱりお休みの日にわざわざ診《み》てもらうのは申し訳ないかなと思って……、ほんとにご迷惑じゃないですか……？』

こちらを気遣って遠慮しそうな気配を感じ、真白は必死に畳《たた》みかける。

「まったく迷惑ではありませんし、むしろこちらから神永さんのご自宅に伺って訪問治療すべき立場だと思っています。神永さんは撮影や養成所やバイトで手を動かすことも多いでしょうし、きちんと処置しておかないと化膿《かのう》してしまうかもしれません。私のほうは自宅から職場まで近いので、まったく面倒はないですし、もうすでに来ているので、本当に遠慮なくいらしてください」

貴重なチャンスを逃してはならじと懸命に食い下がると、

『そうですか？　じゃあ、ほんとに遠慮なく伺っちゃいますね。……んーと、三十分くらいで行けるかな』

という返事をもらい、また心の中でガッツポーズをしながら、

「わかりました。お気をつけてお越しください」

と医師らしく落ち着いた口調で告げる。

電話を切ると、そわそわしてじっと座っていられず、もう一度処置室の包交《ほうこう》セットの中身を検《あらた》めたり、無意味に診察ベッドのシーツの皺《しわ》を直したり、クリニックから三十分圏内の住所はどこか、移動手段を徒歩、電車、バス、バイクに変えて、それぞれの推定範囲を地図で探してみたり、無表情にテンションを上げながら来訪《らいほう》を待つ。

ガラス張りの待合室の入口から待ち人が現れたとき、真白は内心の歓喜と興奮でまたよろりと膝が崩れそうになり、受付カウンターに手をついて身を支えながら真顔で会釈《えしゃく》した。

相手の顔には昨夜の極道の傷痕は欠片《かけら》もなく、さらりと前髪を下ろした髪にグレーのパーカー、ブラックジーンズにスニーカーというごく普通のオフスタイルで、（素もいい……！）と真白は無表情に悶《もだ》える。

彼はきょろきょろと周りを見回し、感心したように言った。

「すごく新しくて綺麗なクリニックなんですね。すごいなぁ。乙坂先生、その若さでこんな立

派なクリニックの院長さんなんて」

え、若い……⁉　昨日も「綺麗」だとか言ってくれたし、さすが芸能人は口を開くとファンサしちゃうのかもしれないし、「乙坂先生」なんてまた新しい呼び方を……！　とよろめきそうになりながら、

「……いえ、そんなことは」

と平静を装《よそお》い、処置室へ案内する。

処置用椅子にかけてもらい、慎重に袖《そで》をまくってがっちりテープ固定されていた右手の傷を診《み》せてもらう。

「やはり縫《ぬ》ったほうが治りが早いので、早速《さっそく》処置させてください。傷痕が残りにくいように、真皮《しんぴ》という中のほうをしっかり縫って、表面は縫わずに皮膚接合用のテープでぴったりくっつけておきますね。それだと抜糸《ばっし》の必要がないので、何度も通院していただかなくても済みますので」

本当は皮膚も縫って、抜糸を十日以上引っ張って毎日消毒に通院してほしいくらいだが、なんとか我欲《がよく》を堪《こら》える。

「わかりました、お願いします」

彼の返事に真白は頷いて、「縫う前に痛み止めの局所《きょくしょ》麻酔をしますが、以前麻酔薬でアレルギーを起こしたことはありますか？」と確かめる。

3
6
9
12

「や、特にないと思います。中学の時に肘《ひじ》の手術をしましたけど、薬でどうこうなったっていう記憶はないので」

そうですか、と頷いてキシロカインを注射器に吸い上げながら、中学時代に肘のオペ、と心の情報シートに書き込む。

相手の情報ならどんなことでも知りたいファン心理で、もうすこし深掘りしてみる。

「肘ということは、なにか運動中に……?」

「はい、ずっと野球やっててピッチャーだったんですけど、肘壊しちゃって」

「なるほど」

野球少年だったのか、投げすぎて肘を壊すほど一生懸命やっていたのかも、と不憫《ふびん》に思いつつ、野球少年時代の坊主頭の怜悧くんも見たい……! と無表情に悶える。

「……では、ちょっとチクッとしますね」

なんでもかんでも興奮する己を諌《いさ》めながら相手の腕に片手を添えて注射針を刺し、チラッと顔色を確かめると、かすかに眉を寄せており、(ちょっと痛そうな顔もいい……!)と内心取り乱す。

落ち着け、と自分に言い聞かせて丁寧に中を縫合《ほうごう》し、上から細いステリストリップテープで傷を寄せるように細かく重ね貼りしていく。

黙っていると(怜悧くんに触れている……!)という内心の興奮が息遣いからバレそうで、

さりげなく会話を試《こころ》みる。

「神永さん、今日はこのあとなにかご予定はあるんですか？　……あ、単に今日明日は傷口を濡らしてほしくないので、水がかかる撮影などがあったら困るなと思って、伺っただけなんですが」

予定を探るなんてデートの誘いでもする気かと警戒されては困る、と慌てて付け足すと、

「や、そんな連日スケジュールが詰まってるような売れっ子じゃないんで、今日はバイトだけです」

と軽く自虐的《じぎゃくてき》な笑みを浮かべられ、しまった、プライドを傷つけたかも、と真白は内心慌てふためく。

なにかフォローの言葉を言わなくては、と焦《あせ》るものの、上手い言葉がみつからず、無言で処置を続ける。

最後まで貼り終えてから、真白はようやく口を開いた。

「……あの、きっと、これからですよ。あなたには華があると思います。だからスカウトマンの目にも止まったんでしょうし、昨夜の『組員B』も、ちゃんと作品の中で出演シーンを見てみたいと思いました。いまは端役でも、昨夜のように全力で演じていれば、必ず誰かの目に止まると思いますよ」

もう自分の目には定点固定してしまったし、きっと現場の監督やスタッフの目にも止まって

次に繋がるはず、という応援の気持ちを込めて言葉を紡《つむ》ぐ。

でも、こんな棒読《ぼうよ》みな言い方じゃ伝わらないかも、と案じていると、彼はしばし黙って真白の目を見つめ、

「……ありがとうございます。……親とか、バイト先のおなじみさんとかも応援してくれるんですけど、身内や知り合いの情で言ってくれてるところもあると思うので、なんか、いま先生にそう言ってもらえて、すごく沁《し》みました」

とおおらかなだけじゃなく、繊細《せんさい》さも持ち合わせた眼差しと声で礼を言ってくれた。

ちゃんと通じたんだ、と思わずじわっと目が潤みそうになり、真白は急いで顔を伏せて創部《そうぶ》にガーゼつきの防水フィルムを貼る。

「お疲れ様でした。これからバイトだそうですので、防水しておきますね。中は明日まで濡らさないで、入浴時も覆ったままにしてください。三日後からは普通にシャワーで濡らしても結構ですが、ごしごしこすらないで流すだけにして、中の細いテープは自然に剥《は》がれるまでそのままにしてください」

医療的なことならさらさら話せるのに、と思いながら注意点を伝えると、

「はい。いろいろお心遣いありがとうございます」

と頭を下げられ、自分の推しはなんて礼儀をわきまえたいい子なんだろう、と内心キュンとする。

相手の袖口をドキドキしながら戻し、先に用意しておいた自宅での消毒セットを入れた紙袋を渡す。

「こちらはご自宅で消毒するときに使ってください。防水フィルムと三日分の抗生剤《こうせいざい》と軟膏《なんこう》も入れてありますが、もし化膿してしまったら、すぐにご連絡ください。それと、お忙しいとは思うのですが、傷が順調にくっついたとしても、念のためもう一度一ヵ月後に診察させていただきたいんですが、よろしいですか?」

医師の特権を行使《こうし》して、次回診察にかこつけて会うチャンスをもぎとろうと持ち掛ける。

「わかりました。……けど、今日予約しても、もしかしたら突然エキストラの仕事とかオーディションが入ったりしてダメになることもあるかもしれなくて」

エキストラでもなんでも仕事が入ることは喜ばしいが、次回診察のチャンスも譲れない。

「それなら日付は決めずに、一ヵ月くらい経《た》って、神永さんのご都合がつく日がはっきりわかったら、前日でも当日でも構いませんので、お知らせいただくという形にしましょう。私個人の電話番号とLINE IDもお渡ししておくので、診察時間外でも休診日でも結構ですから、いつでもご連絡ください」

善良な医師を装って、さりげなく個人の連絡先を渡す。

彼はぺこりと頭を下げ、

「ありがとうございます。いろいろ便宜《べんぎ》を図《はか》ってくださって。……えっと、今日の治療費と薬代はおいくらでしょうか」

と律儀《りちぎ》に切り出され、真白は慌てて首を振る。

「まさか、こちらが悪いのに、神永さんからお金なんていただけません。もちろん今後なにか処置したとしても無料ですから、お気軽にご連絡ください」

真白は急いでもうひとつ用意していたやや厚みのある封筒を手に取り、

「逆にこちらからお見舞いとしてお渡ししようと思っていたんですが、この度《たび》は、私のせいで傷を負わせてしまい、本当に申し訳なく思っています。それで、これは慰謝料と言いますか、感謝とお詫《わ》びの気持ちなので、ご笑納《しょうのう》いただければ……」

と遠慮がちに差し出す。

妥当《だとう》な金額がいくらかわからないが、きっと「組員B」のような端役のギャラはわずかだろうし、実家から仕送りがあるとしてもバイト代が主な稼《かせ》ぎなら、切り詰めた生活を送っているかもしれず、タニマチとしてすこしでもいいものを食べてほしかった。

ホストに入れ込む女性の気持ちがなんとなくわかるかも、と思いつつ封筒を手渡そうとすると、彼は目を瞠《みは》ってきっぱり首を振った。

「や、こんなの受け取れません。治療費だって、ちゃんと払います。お見舞金なんてもらうほどのことはしてないし」

「え、でも……」

もしかして施《ほどこ》しが必要な底辺役者と侮《あなど》られたと思ったんだろうか、と内心おろおろしていると、すこし考えるような間をあけてから彼が言った。

「……どうしてもなにかしてくれるっていうなら、バイト先に食べに来てくれませんか？　小汚い店だから、あんまり乙坂先生には似合わないけど、大将にすごく世話になってるので、ひとりでもお客さんが増えたらありがたいし」

立ち上がってニコッと笑みかけられ、真白は一瞬（はぅっ）と放心する。

笑みが尊《とうと》すぎて直視できない、それに別に怒ってるわけじゃないみたいでよかったし、食べに来いということは、バイト先は飲食店だろうから、小汚かろうがどこだろうが絶対行く！

と胸のうちで気炎《きえん》を上げる。

「……それでは是非、行かせていただきます。お店の場所を伺っても……？」

バイト先を教えてもらったら、こっそり店長さんにリサーチして、怜悧くんのシフトが入っている日はすべて通ってしまいたいくらいだ、と思いつつ問うと、

「え、ほんとに来てくれます？　じゃあ、突然ですけど、今日でもよければ、一緒に行きませんか？　俺もバイトだし、案内したほうが早いんで」

と気さくに誘われ、（ええっ、一緒に……!?）と真白は思わぬ僥倖《ぎょうこう》に舞い上がる。

嘘、嬉しい、絶対行く、デートみたい、いやデートじゃないだろ、怜悧くんはバイトなんだから、でも働いている怜悧くんを見られるし、タニマチとして大量に食べて売上に貢献しなけ

れば、と無言で考えていると、

「あ、やっぱり休診日でも今からなんて急すぎて無理ですか？」

と返事がないので予定でもあるのかと思ったのか、お誘いを取り消されそうになり、真白は慌てて否定する。

「いえ、大丈夫です、私は仕事以外なんの予定もない人間で、いつでもスケジュールはガラ空きです。お誘いくだされば即ＯＫですので」

あからさまに今後も誘ってほしいという下心が見え見えの言い方をしてしまった、それになんの予定もない人間なんて、事実だけど孤独な偏屈者《へんくつもの》と思われたかも、と焦っていると、彼は「そうですか。じゃあ、ご一緒に」とほがらかに言った。

戸締まりをして一緒にクリニックを出て、隣に並ばせてもらいながら、真白は雲の上を歩くような夢心地を味わう。

……ああ、バイト先が二十三時間くらいかかる遠い場所にあったらいいのに……。

でも怜悧くんは端役とはいえすでにテレビに出たりしている芸能人なのに、なんのてらいもなく気軽に一般人と出かけてくれるなんて、たぶん俺をただの無害な医者だと思ってるからだろうけど、きっとこんなことは売れっ子のスターになったら二度と叶わないから、当分無名でいてほしい、でも早くメジャーにもなってほしいし……、と真顔で考えていると、

「乙坂先生、ちょっと聞いてもいいですか？　さっき電話で『養成所やバイトがあるから』と

か、スカウトされたことも知ってたし、もしかして、俺のことググってくれたんですか？」

とにこやかに問われた。

「……」

真白は内心ギクッと引《ひ》き攣《つ》る。

……バレたかも。どう答えるのが無難なんだろう。もし自分が若い女子だったら、率直にファンになったと言ってもすんなり喜んでもらえるだろうが、自分のようなひとまわりも年上の男に言われても嬉しくないだろうし、ひっそり愛するだけにとどめておかないと、ただのファン以上のゲイに狙われたと警戒されてしまうかもしれない。

ここはただのミーハーな医者というフリをしよう、と真白は判断し、

「……はい、実はちょっと。いままで芸能人のかたと出会ったことがないので、昨夜俳優さんだと伺って、ついお名前を検索しました。ミーハーでお恥ずかしいんですが」

もしほかの芸能人に出会っていたとしても調べていた、というニュアンスを出し、怜悧だけを狙ったストーカーファンだと思われないように演出する。

彼はなにがおかしかったのかくすっと笑い、

「乙坂先生って、なんとなく古風なお嬢様っぽい雰囲気ありますよね。話し方とか」

と言われ、『お嬢様』って、どういう意味で言っているんだろう、『古風』というのはやっぱりひとまわり離れたジェネレーションギャップを感じるという意味かも……とぐるぐる悩んで

いると、

「けど、もしかして俺個人に関心持ってググってくれたのかな～なんて、ちょっと期待しちゃったんですけど、図々しかったですね」

と芸能人なら誰でもよかった、と演出したとおりに受け取られて軽く残念そうな口ぶりをされてしまい、真白は真顔でフリーズする。

……嘘、ファンになったと隠さず言ってもよかったのか。しまった、駆け出しの役者さんにとっては三十代の男でも『純粋なファン』なら増えても喜んでもらえたのかもしれない。

でも今更『嘘です、ほんとは熱烈ファンになって検索しまくって、ツイッターもフォローして動画もお気に入り登録しました』と言い直しても、ただのお調子者か、言うことがころころ変わる変な人だと思われてしまう。

どう撤回《てっかい》したらいいのか必死に策を探していると、電車に乗ってから彼が話題を変えた。

「ちなみに乙坂先生は男の俳優だったら誰が好きですか？」

ただ間を持たせるための他意ない質問に違いないが、真白はバクッと鼓動を激しく揺らす。あなたです、と言いたいが、それは口にしてはいけないNGワードなので、真白はしばし考えてから言った。

「そうですね、真中旬《まなかしゅん》さん、でしょうか」

ほかによく知らないので適当に名を挙げると、「えっ、ほんとに？」と食いつきよく弾《はず》んだ声を返される。

「一緒ですね。俺も大好きな憧れの人です。事務所の先輩なんですけど、俺がこの世界に入ったのも真中さんの影響で」

「……え。そうなんですか？　なにか真中さんの出演作を見て感銘を受けられたとか……？」

初耳の新情報を心の情報シートに書き込もうとして、真白は胸にもやっと湧き上がる感情に気づく。

真中旬を個人的に好きでも嫌いでもなかったが、彼に『大好き』とか『憧れの人』なんて言われて羨《うらや》ましすぎるから、今後真中旬の目や鼻に似せてほしいというクライアントが来ても断りたくなってくる。

真白のそんな胸のうちに気づく由《よし》もなく、

「実は昔、共演したことがあるんです。って言ってもちゃんとした作品とかじゃないんですけど。さっき肘を故障した話しましたけど、その手術でちょっと入院したんですね。そのとき、同じ小児病棟に難病の子がいて、すごい真中さんのファンで、お母さんが事務所かテレビ局に頼んだみたいで、真中さんがお見舞いに来たんです」

と彼はにこやかに経緯《けいい》を語りだす。

「カメラの密着も入って、その子を励《はげ》ますために真中さんと病棟のみんなでお芝居することになって、俺も肘以外元気だったから選ばれちゃって、二日くらい練習させられたんです」

へえ、と相槌《あいづち》を打ちながら、その番組の映像がどこかに残ってないか、あとでネットを探してみなければ、と思っていると、

「けど俺そのときもう野球ができなくなるって言われてやさぐれてて、なんでこんなときにお涙頂戴《ちょうだい》のヤラセ感動ドキュメンタリーに協力しなきゃいけないんだよ、みたいな気持ちで、その子のことは嫌いじゃなかったけど、芝居もしたことないし、すごい嫌だったんです。でも雰囲気的にやだって言えなくて」

望まぬことを空気を読んで断れずにやらされる気持ちはよくわかるし、失意の宣告を受けた野球少年の怜悧くんをタイムスリップして慰《なぐさ》めてあげたい……！　と身を揉《も》む。

「それで、きっと真中さんもテレビ用に親切キャラ演じてるだけだろうって醒《さ》めてたんですけど、カメラが回ってないときも真中さんはその子にもほかの子にも優しくて、当時から大人気だったのに、スタッフにもすごい腰低いし、素はめっちゃシャイな人なんですけど、いざ本番が始まったら、もう神としかいいようがなくて。師長《しちょう》さんが書いた学芸会みたいな台本だったのに、俺真中さんの演技見てたらいつのまにか泣いてたんです。それで、俺の出番も本気でやったら、撮影が終わったあと、『君、リハのとき全然やる気ないみたいだったけど、一番上手だったね』って帰り際に声かけてくれて、それがすごい嬉しくて」

「……へえ、とても素敵な思い出ですね」

半分は本心から、もう半分は真中旬への羨望《せんぼう》でハンカチを噛みたい心境で返事をする。

「はい。それまで野球以外やりたいことなんてなかったんですけど、芝居とかもいいなってそのとき初めて思って。でも本気で芸能界に入れるとは思ってなかったから、普通に大学入って就職する気でいたんです。けどスカウトされて、ちょっと迷ったんですけど、真中さんと同じ事務所だったから、これも縁かもって思って、飛び込むことにしたんです」

「そうだったんですか」

じゃあ、怜悧くんとこうして出会えたのは真中旬のおかげと言えなくもないから、妬《や》いたりするのはお門違《かどちが》いかも、とすこし反省する。

「何年か前に、その難病の子が奇跡的に元気になって退院して、真中さんと再会する番組を見たんですけど、『あのとき来てくれたおかげです』って言ってて、すごく好きでまた会いたいっていう気持ちが病気に打ち勝つパワーにもなるんだって思って、俺もそんな風に誰かにパワーをあげられる俳優になりたいなって思ってるんです」

全然まだスタート地点をうろうろしてるんですけど、と付けたしつつ、まっすぐ希望を映す瞳や、夢と可能性の塊《かたまり》のような姿が眩《まぶ》しくて、思わず目を眇《すが》めたくなる。

もうあなたが存在するだけで生きる力をもらえる人間はここにいます、と心の中で呟いていると、彼ははっと我に返ったように真白を見て、

「……なんかすいません、俺ばっかり、しかも駆け出しのくせに語っちゃって。つまんなかったですよね」

と照れと恐縮の混じった顔で首をかく。

その仕草に（可愛い……！）と声が出そうになるのを必死に堪え、

「とんでもないです。とても興味深く拝聴《はいちょう》しました」

と真白は真顔で返事をする。

我ながらこんな棒読《ぼうよ》みじゃ社交辞令にしか聞こえないかも、と気を揉んでいるうちに降車する駅に着く。

怜悧くんのバイト先はどんなところだろう、と無表情にわくわくしながら着いていき、「あ、ここです」と彼が示した店を見て、真白は思わず「……え？」と口走っていた。

＊＊＊

電車を降りて歩いてすぐのガード下にある『もつ蔵《ぞう》　てっちゃん』という店を凝視《ぎょうし》して、たしかに「小汚い店」と聞いてはいたけれど、多少謙遜《けんそん》もあるのかと思った、とひそかに衝撃を受ける。

開放された入口や油でべとついた換気口《かんきこう》から肉やタレの入り混じったこってりした匂いが噴

き出しており、いままで足を踏み入れたことのないタイプの店を物珍しく眺めていると、

「今更なんですけど、乙坂《おとさか》先生、ホルモン系って大丈夫ですか?」

と問われ、食べたことがないとは言えずに「大丈夫です」と頷く。

中に案内されながら、

「見た目はバラック小屋ですけど、味は絶品ですから。人気はモツ煮込みとネギレバと、マルチョウとゆでたんとあみレバのセットに……」

とつらつらとお勧《すす》めを挙げられてもなにを言われているのかさっぱりわからず、

「ええと、じゃあ、モツ煮込みを」

と唯一解読できた品をリクエストする。

油と煤《すす》で黒ずんだカウンター席につくと、

「へい、いらっしゃい。こちらさんは怜坊《れい》の……役者仲間って感じじゃねえな」

とカウンターの中から頭に赤いバンダナを巻いた、がらっぱちな物言いの六十代くらいの店主が突き出しのカクテキと割り箸《ばし》を雑な手つきで真白《ましろ》の前に置いた。

こういう店主のいる店に来たことがないので若干《じゃっかん》戸惑いながら、「はい、私はこういう者で」と名刺を出そうとすると、横で茶色いエプロンをかぶりながら、

「大将、乙坂先生はお医者さんです。昨夜、撮影前にちょっと怪我しちゃって、先生に縫《ぬ》ってもらったんです」

と彼が防水フィルムを巻いた右手を見せると、店内の常連らしき客たちが、

「怜坊、大丈夫だったか？　チンピラ役、ちゃんとやれたのかい？」

「大変だったじゃないの、縫うような怪我なんて。でも顔じゃなくてよかったわ」

などと親戚のおじさんおばさんのような口ぶりで声をかける。

「ちょっと切っただけだし、乙坂先生が痕《あと》にならないようにってすごく丁寧に処置してくれたので、大丈夫ですよ」

常連客に愛想《あいそ》よく笑みかけ、真白にも微笑して会釈《えしゃく》してくれ、思わずきゅんと胸を震わせていると、

「そうかい、友達にしちゃあ歳も離れてるし、うちの店にゃあえらい場違いな人連れてくっからなんだと思ったよ。お医者さんだったのかい。先生、うちの看板息子が世話になったみてえだから、今日はサービスだ。いっぱい食べてってくんな」

大将がそう言って注文していないつくねピーマンをドンと真白の前に置く。

いえ、お世話になったのはこちらのほうで、と言おうとして、『歳が離れている』『場違い』という言葉にチクッと胸を引っ掻《か》かれ、真白は口を噤《つぐ》む。

きっと彼が普段店に連れてくるのはもっと歳の近い役者仲間や友人で、自分じゃ他の人から見ても違和感があるんだ、と落ち込みかけ、いや、俺はただの一ファンとして生きる道を選んだんだから、ここで落ち込む必要はないんだった、と再度自分の立ち位置を思い出す。

店主が次々並べてくる串焼きやネギレバなど、普段あまり食べないにんにくやごま油の利《き》いたスタミナ系の料理を味わいながら、さりげなく横目で彼を盗み見る。

いまにも倒壊《とうかい》しそうな店構えでも味がいいからか、そこそこ客足があり、時々は外で待つ客もいるほどで、彼は猥雑《わいざつ》な店内を慣れた様子で立ち働いている。

完璧に掃き溜めに鶴《つる》の風情《ふぜい》で、もっとお洒落《しゃれ》で似つかわしいバイト先もあるのでは、と若干《じゃっかん》思ったが、大将や年配の馴染み客から可愛がられており、楽しんで受け答えしている様子も窺えた。

きっと親元を離れてひとりで気を張っている彼が、ほっと気を緩《ゆる》められる場所なのかも、と推測する。

大将がたくさん出してくれる品をなるべく時間をかけて食べ、長く居座って怜悧くんをたっぷり眺めようと目論《もくろ》んでいると、時々彼が「先生、これあんまりお好きじゃないですか？」などと大将に聞こえないように耳元で問いかけてくる。その度昇天《たびしょうてん》しそうにときめきながら、「いえ、とても美味しいです」と冷静を装《よそお》って答えた。

さすがにもう満腹で入らないというところまで食べ、「御馳走様《ごちそうさま》でした。美味《おい》しかったです」と大将に挨拶《あいさつ》して一万円を皿の陰に置いて席を立つ。

カウンターの中で洗い物をしている彼にも会釈して、

「美味しいお店を教えてくださり、ありがとうございました。外で待っているお客さんもいるので、これで失礼します。バイト頑張ってください」

と眼福《がんぷく》のエプロン姿を目に焼き付けてから店を出る。

むわぁ～と自分から盛大《せいだい》に肉と煙と香味《こうみ》野菜の匂いが立ちのぼっているのがわかったが、怜悧くんと同じ匂いだと思うとかぐわしい気さえして、心も胃も充たされた至福の気分で駅に向かいかけると、「乙坂先生！」と背後から彼の声がした。

ドキッとしつつ真顔で振り返ると、エプロンのまま追いかけてきた彼の手には万札が握られており、

「これ、今日はサービスだから返してこいって大将が」

と差し出され、真白は慌てて首を振る。

「いえ、これは、元々怪我の原因が私なのに、私が処置したことに対してサービスしていただくわけには……、どうぞ大将にお渡しください」

そう言うと、「なら、いまお釣りを」と取りに戻ろうとする彼に「いえ、それも結構です」と真白は急いで止める。

「今日は怪我のお詫《わ》びにたくさん注文して少しでも売上に貢献したくて来ましたので、本当にお釣りなどは」

むしろ働く怜悧くんの姿をたっぷり鑑賞できて、もっと払ってもいいくらいだし、と思いながら重ねて固辞《こじ》すると、彼はすこし間をあけてから頷いた。

「……わかりました。じゃあ、これでもう傷の件はチャラってことで、乙坂先生ももう気にしないでくださいね」

いいや、傷が完全に治るまで気にするし、治ってからもずっとあなたの存在自体を気にします、と心の中で宣言していると、

「よかったらまた食べに来てください」

と言われて「はい、是非」と答えようとしたとき、「って言いたいけど、無理しないでくださいね。先生、ほんとはホルモン系苦手でしょ?」と続けられ、「え?」と真白は目を瞬《しばた》く。

彼はすこしきまり悪そうな顔で頭を下げた。

「すいませんでした。来る前にちゃんと確かめればよかったのに、聞かずに連れてきちゃって。先生は『大丈夫、美味しい』って言ってくれたけど、なかなか口に入れずに凝視《ぎょうし》してたり、結構ペースも遅かったし、時々胸押さえてたから、ほんとは好きじゃないのに無理して食べてくれたのかなって申し訳なくて」

「……え。いえ、そんな無理なんて全然……」

本当に美味しくいただきました、でも初めて食べるものもあったから、これはどこの部位なんだろうとしげしげ眺めていただけだし、胸を押さえていたのは、怜悧くんが中年女性の常連客に2ショットを頼まれて気軽に応じてあげていたから、自分も頼みたい……! と悶《もだ》えていたのと、怜悧くんが「ハラミ一丁」と注文を告げる度に「孕《はら》み」に聞こえて興奮していただけ

で、別に料理が苦手だったわけでは……！　と弁解したいが言える内容ではなく、真白は無言で固まる。

彼は「すいませんでした」ともう一度詫び、

「やっぱり乙坂先生にはもっと高級なお店じゃないと口に合わないですよね。でも気を遣って完食してくれてありがとうございました」

と頭を下げられ、真白は必死に口を開く。

「いえ、本当に美味しかったです。こういうお店はたしかに初めてですが、すごく美味しくて楽しくて、もっと長く楽しみたいと思ってゆっくり食べていただけですし、また是非来たいと思っています」

すべて本心からの言葉なのに、一本調子の口調のせいか、彼は苦笑を浮かべて、

「いいですよ、ほんとに気を遣ってくれなくて。怪我させたお詫びなんてもう全然気にしないでください」

と完全に社交辞令としか受け取ってくれず、「じゃあ、俺戻ります。また一ヵ月後に診察よろしくお願いします」とぺこりと頭を下げて店へ走っていってしまった。

「……そんな……」

その後ろ姿を呆然と見つめながら真白は無表情に打ちひしがれる。

明日から頻繁《ひんぱん》に通って常連になって堂々と生怜悧くんを鑑賞しようと思っていたのに……、

とショックが隠しきれない。

自分がとろとろ食べたり、不審な行動をしたせいで、無理して食べていたと誤解されたことも、違うと言っても信じてもらえなかったこともショックだった。

もっと見るからに美味しく楽しく食べている表情をしていれば誤解されなかったかもしれないし、弁解の言葉ももっと心の温度どおりに熱く声に出していれば本心だとわかってもらえたかもしれないのに、小さな頃からの習慣が染みついて、うまく伝えられなかった。

無理して食べたと思われているのに、また店に顔を出したら、苦手なのにしつこく来るなんて、やっぱりストーカーだったのかと思われそうで及び腰になる。

一ヵ月後には会えるけれど、それが終わったら、そう何度も診察で呼ぶわけにもいかないし、常連になれたら不自然じゃなく度々会えると思ったのに、なんでうまくいかないんだろう……としょんぼりしながら帰途《きと》につく。

元々一ファンとして応援するだけと決めていたけれど、やっぱり素の彼のいろんな顔を見て、いろんな思いに触れたら、もっと好きになってしまったし、もっと欲も湧いてしまった。

でも、ただの常連にもなれない自分が恋の相手になろうとどれだけ言葉を並べても気持ちが伝えられるとも思えないし、次の診察日まで医師と患者として繋がっていられるだけでもよしとすべきなのかも……。

傷心を癒《いや》すため、帰宅後に彼が端役《はやく》で出演した作品を探して鑑賞し、続けてツイッターや配信動画を順に見ていたら、気づけば夜が明けていた。

目は充血してクマもできていたが、迸《ほとばし》る脳内麻薬が血管中を駆け巡り、この世に神永《かみなが》怜悧という太陽がある限り、なにがあっても強く生きていける……！　という境地に至っていた。

彼がこの世に生まれてきてくれた喜びや、同じ時代を生きられることへの感謝の気持ちがとめどなく湧き上がり、自分ひとりの胸のうちにとどめておけなくなり、真白は勢い余って私設《しせつ》ファンブログを立ちあげたのだった。

＊＊＊＊＊

「あ、あーやちゃん、新しい写真載せてる」

本日のブログを更新しようとパソコンを開き、先に推《お》し友のブログ『神永怜悧《かみながれいり》にときめき隊♡』を覗いて真白《ましろ》は口角《こうかく》を上げる。

あーやちゃんはパンデミックで失職した元ＯＬで、フリーターをしながら余暇《よか》のすべてを怜悧の追っかけに費やしており、彼が『もつ蔵《ぞう》　てっちゃん』で働く姿や、養成所の行き帰り、どうやって調べるのかロケ先まで出没して撮った写真を自分のブログに公開している。

最初に気づいたときは（ぐぬぅ）とライバル心に駆られ、盗撮なんて迷惑だし犯罪では、と非難したかったが、勇気を出してコンタクトを取ってみると、あーやちゃんは彼の造形美《ぞうけいび》を愛《め》でたいだけで、生身の彼とどうこうなりたいという願望はないことが判明した。

『てっちゃん』に客として通うときも盗撮魔とバレないように変装し、ただのモツ煮込み好きの客に徹《てっ》して個人的に接触したことはないと聞き、いまではブログに載せない画像をもらったり、推《お》しトークに花を咲かせる間柄になった。

真白は自分のブログ『ＤＡＩＬＹ《デイリー》　ＲＥＩＲＩ《レイリ》（Ｅ）《（ー）》』に連日彼への尽きることない愛と情熱を込めて記事を書いており、二時間の作品中、彼の出演シーンが三十秒くらいしかなくても、細かい目の芝居や台詞《セリフ》の言い方がいかにその役を捉《とら》えているか、短時間でも滲《にじ》み出る演技力を深掘りして考察したり、日々のＳＮＳの呟きで彼のひたむきさや可愛げが漏れる部分を熱く取り上げたりしている。

ハンドルネームは海来《みらい》からこっそり借りて『ミライ』という名のナースというプロフィールにした。

名前や職業からどちらかと言えば女性を連想する人のほうが多いと思い、若いイケメン役者を推すブログを暑苦しく書いているのが三十代の男性医師だとバレないように工作した。

たいして閲覧者《えつらんしゃ》もいないブログだが、まだ彼を知らない人にひとりでもいいから魅力を伝えたいし、制作サイドの誰かが見てくれたら、今後なにかの作品にキャスティングしてみようという気になる可能性も0・00001%くらいはないこともないかもしれない。

なにより「ミライ」になれば、誰にも遠慮せず彼への愛を力いっぱい吐きだせるのが嬉しくて、誰かに見せるというよりも自己満足のために綴《つづ》っている。

推しのいる毎日は張りがあり、昼の仕事もバリバリこなせ、

「……最近なんか変わったサプリでも飲み始めた？　無表情でも妙に目が輝いてるよ、よくクマはできてるけど」

と海来に訝《いぶか》しがられている。

その晩も、さあ今から怜悧くんが昨夜《ゆうべ》配信した、養成所でいま習っている殺陣《たて》の練習動画をあと五十回くらい見て、どんなに所作《しょさ》や浴衣《ゆかた》姿がかっこいいか、もし時代劇に出るならなんの役が似合いそうか妄想リストを書かないと、とウキウキとパソコンに向かっていると、ピロンとコメントが届いた。

あーやちゃんかなとよく見ずにクリックした直後、真白はたっぷり二分間フリーズした。

『ミライさん、はじめまして、神永怜悧です』と書いてあったからである。

＊＊＊

『突然のコメント失礼します。こんな無名の新人に注目してくださって、好意的なブログを書いてくださり、本当にありがとうございます。実は今日、オーディションに落ちてしまって、もう何度も落ちてるんですけど、真中旬《まなかしゅん》さんみたいに最初のオーディションから受かって羽ばたく人もいるのに、俺はやっぱり才能ないのかもってへこんでたら、マネージャーさんがミライさんのブログのことを教えてくれて、すごく純粋に応援してくれているのが伝わってきて、俺にもこんなにありがたいファンがいるんだってめちゃくちゃ感激しました。ほんとは個人的に返事とかしないようにって言われてるんですけど、どうしても御礼を言いたくて、こっそり送ってしまいました』

ブログの管理人以外非公開で届いたメッセージを、真白は息をするのも忘れて貪《むさぼ》り読む。

……これは、本当に本人から来たんだろうか。

誰か別人が本人を騙《かた》っている可能性もあるかも、と身構えつつ、でもこんな過疎《かそ》ブログにわざわざそんな暇なことをする人はいないだろうし、あーやちゃんがふざけてからかっているのかもしれないけど、なんとなく文章の印象から本人のような気もする……、と真白は考え込む。

しばし迷ってから、１００％本人かわからないので一応偽者かもしれないと心づもりをしつつ、もし本物の本人だったら伝えたいことを綴《つづ》る。

「はじめまして、ミライです。まさかメッセージをいただけるなんて思ってもいなくて、本当に怜悧くんご本人なのかまだ信じられない気持ちですが、これだけは言わせてください。怜悧くんには才能があります。今回のオーディションは残念でしたが、絶対にいつか花開く人だと信じています。怜悧くんも自分を信じて、人と比べたりしないで、また次に向かって頑張ってください。怜悧くんが同じ空の下にいると思うだけで幸せになれて頑張れる人間もいることを忘れないで、元気を出してくださいね。ずっとずっと大好きで、ずっとずっと応援しています」

書き終わってから何度か読み直し、たぶん文面から三十すぎの男とはバレないだろうと判断して返信する。

もし本当に本人だったら、すこしでも慰めになればいいな、と心から願う。

……ただ、他人の悪戯《いたずら》じゃなく本人だとすると、あのブログを読んだということだから、あんなに怜悧くん愛を赤裸々にぶちまけている記事を見られたなんて、鏡張りの部屋で裸で創作ダンスを踊り狂ってる姿を見られたに等しい恥ずかしさだ……！　と両手で顔を覆《おお》って羞恥《しゅうち》に悶《もだ》える。

……いや、でも大丈夫だ、この暑苦しいブログを書いているブロガーは「看護師のミライ」で、三十二の男性医師という実像は影も形も出してないし、まだ本人の名を騙った偽者の可能性もあるし、ひとまず落ち着こう、と自分に言い聞かせていると、また返信が来た。

『ありがとうございます。すごく嬉しいです。ちなみに俺は正真正銘の神永怜悧です。どうやって証明したらいいのかな。……じゃあ、いまからツイッターに「ミライ」って言葉を混ぜて投稿するので、それで信じてもらえますか？』

というコメントのすぐあとに、彼の公式アカウントに新しいツイートが表示された。

『今日、ちょっとへこむことがあったんですけど、「紫のバラの人」みたいな方に発破《はっぱ》をかけてもらえて、へこんでる場合じゃない、未来に向かってまたやるぞ！　って気持ちになれました』

その画面を見て、真白はこくっと息を飲む。

公式アカウントに書き込める偽者なんていないだろうし、本当に本人なんだ、と改めて動揺とときめきと喜びで叫びそうになる。

「紫のバラの人」という意味がよくわからなかったが、とりあえず彼を励《はげ》ませたようで嬉しかったし、文中の「未来」という語がカタカナ表記ではなくても自分宛ての秘密の暗号だとわかり、胸が高鳴る。

その日から、たびたび怜悧本人からブログにコメントが届くようになり、「ミライ」として彼と文字で会話するのが真白の新しい生きる糧《かて》になった。

＊＊＊＊＊

「……あぁ、また落ちちゃったのか。最終審査まで行ったのに、あんな子が落とされちゃうなんて、厳しい世界だな……。でも、怜悧《れいり》くんを落とすほうの目が節穴《ふしあな》なだけだから、落ち込むことないからね」

真白《ましろ》は彼から届いた新しいメッセージを読みながら、怜悧のアクリルキーホルダーの頭を撫でる。

最近、ありあまる怜悧愛をオリジナルグッズ製作にまで拡《ひろ》げ、あーやちゃんの盗撮画像を使ってポスターやクリアファイル、シール、ポストカード、うちわ、Tシャツやエコバッグなど、自室に飾るためだけに自主製作に励《はげ》んでいる。

彼とはあの日以降、ブログのコメント欄《らん》だけでなく、タイミングがあえばチャットに誘われることもあり、まさかの僥倖《ぎょうこう》が続いている。

彼は公式アカウントにはほとんどネガティブなことは書かないが、「ミライ」にはよそでは言えない胸のうちもぽつぽつと漏らしてくれる。

なかなか芽が出ない焦《あせ》りや、せっかく出演したシーンが編集でカットされたことや、これで通算三十回オーディションに落ちてしまい、マネージャーさんに見捨てられるかも、という不安など、悩める二十歳《はたち》の素の表情を「ミライ」には見せてくれるので、真白も心を込めて慰めと励《はげ》ましの言葉を書き送っている。

あーやちゃんにさりげなく探りを入れてみたところ、彼女のブログには本人からのコンタクトはないそうで、自分だけ特別に信頼してもらえているのかも、とひそかな優越感と庇護欲《ひごよく》と愛《いと》おしさを嚙みしめている。

現実の乙坂《おとさか》真白の姿で直接告げれば社交辞令と思われてしまう言葉も、「ミライ」として文字で伝えれば、彼は言葉どおり受け取って喜んでくれる。

どうやら彼も「ミライ」をすこし年上のお姉さんだと思っているような節《ふし》があり、真白もあえて否定せず、安心して悩みを打ち明けられる優しいお姉さんのイメージを保とうと努《つと》めている。

自分の言葉で彼の心が和《なご》んで浮上すればもちろん嬉しいし、誇《ほこ》らしい。でも一方で彼が気を許しているのは「女性看護師のミライ」というアバターで、現実の自分では絶対にここまで心を開いてもらえないと思うと、すこし淋しさも覚える。

……いや、「ミライ」としてでも怜悧くんの役に立ててるなら、自分にとっても本望《ほんもう》だと思い直して真白は真心を込めて返信する。

「怜悧くん、今回も残念でしたが、全敗してるわけじゃないことを思い出してください。『エレベーターを降りて左』の晃《あきら》役や、『デジタル・スレイブ』のリヒト役、『恋のどっこいしょ』の和希《かずき》役、ほかにもいくつも受かっているし、『新宿猿《しんじゅくざる》』の組員Bのカットは私も心底無念ですが、ディレクターズカット版には、幻の『どこ目ぇつけとんじゃ、ワレェ』も復活収録されるかもしれないし、通算三十回落ちたって、三十一回目はうまくいくと信じて気を落とさないでください。落ちたのは怜悧くんがダメだからじゃなく、ただ先方の求めるイメージが怜悧くんとは違っただけです。いま人気の役者さんたちも、全員がスムーズに成功したわけじゃないと思います。ハリウッドでもご活躍の天道颯《てんどうはやて》さんも、若い頃に百回もオーディションに落ちているそうです。怜悧くんもこれからです。私は笑顔の怜悧くんが大好きです。笑う門《かど》にはきっと福がきますよ」

送信してから、「すこし年上のお姉さん」感より、「かなり年上のおじさん」感が語彙《ごい》に出てしまったかも、と焦《あせ》っていると、ややあって彼から返信が届いた。

『ありがとうございます。三十回なんて、まだまだでしたね。……ところで、つかぬことを伺いますが、ミライさんて、何科のナースさんなんでしたっけ?』

「え……」

その返信を読み、真白は戸惑う。

ミライの素性《すじょう》を聞かれたのは初めてで、なんで急にそんなことを……、まさかバレたとか……？　とヒヤリとする。

……いや、乙坂真白本人としては『てっちゃん』で会ったのが最後だし、彼の中で「ミライ」と自分が繋がる線は薄いはずだ。

それにいま自分が送った返信もいつもと別段変わらない暑苦しい励ましで、特に不審を招くようなことは書いてないし……、と首を捻《ひね》り、ハタと真白は動きを止める。

……もしかして、怜悧くんの中で「ミライ」が美化されて、いつも優しく甘えさせてくれる美人なお姉さんみたいな妄想が膨《ふく》らんで、いろいろ知りたい気になってしまったのでは……、と真白は無表情に引き攣《つ》る。

彼を慰めて元気づけたいのは本心で、真白にはできなくても「ミライ」ならそれができるから重宝《ちょうほう》していたが、女性として「ミライ」を慕《した》われるのは胸がもやつき、中身は自分なのに、と「ミライ」が疎《うと》ましくなる。

自分で自分の分身に嫉妬するという対処に困る事態になり、真白は唇を噛む。

とりあえず彼が答えを待っているので、すこし迷ってから「手術室ナースです」とひと言返信する。

海来が以前オペ室勤務だったので、そのまま流用し、もしこのあとも「ミライ」について年齢や恋人の有無《うむ》などあれこれ質問されたらどうしよう、と危惧していると、また返信があった。

『そうなんですか。……あの、ミライさん、仮に俺がもしミライさんに直接会いたいって言ったら、会ってくれますか？』

「……っ！」

そのメッセージに真白は目を見開いて息を止める。

会いたいなんて言われたら、たとえアイスランドにいたって駆けつけたいくらいだが、「ミライ」がセクシーでもキュートでもない能面《のうめん》のような乙坂真白だとバレるわけにはいかない。

……でも、こんなことを言ってくるなんて、やっぱり怜悧くんは直《じか》に会ってみたいと思うほど「ミライ」に好感を抱いているのかも……、と嫉妬と羨望《せんぼう》と切なさに胸が掻《か》き毟《むし》られ、真白は強張《こわば》る指を動かして返信する。

「もちろん会えるものなら会いたいですが、きっと会ってくれないと思います。実は私は、男なので」

「ミライ」にこれ以上女性と勘違いして想いを寄せたりしてほしくなくて、思わず送信してしまい、真白は直後にハッとして両手の指をわたわた動かす。

……マズいかも。墓穴を掘ったかも。

でも男と言ったらすぐ自分と結びつくとは限らない、だって足がつくようなミスはしてないし、と自分に言い聞かせる。

とにかく、これで彼の幻想の「ミライ」像は壊せたから、もう「ミライ」に恋愛的な興味を持つことはなくなるはずだ。

……でも、「ミライ」が美人なお姉さんじゃなく男だとわかったら、もういままでのようにチャットで交流したりしてくれなくなるかもしれない。

しまった、「ミライに会いたい」なんて突然言われて動揺して、阻止《そし》することしか思いつかずに「男だ」と言ってしまったけど、会えない理由は「いまアイスランドにいるので」とか「本物の怜悧くんに会ったら嬉しすぎてショック死しちゃうから」とか女性と思わせ続けるべきだったかも、とおろおろしていると、彼から返信が来た。

『そうだったんですか。ちょっと驚きましたが、男の方にもファンになってもらえたなんて光栄です。男だから会えないなんてことはないし、いつかミライさんに会える日を楽しみにしています。また来週ドラマのオーディションがあるので、いいご報告ができるように頑張りますね。ではまた』

「……あれ……？」

その返信を読み、『男の人だったなんて残念です』という反応が来ると思っていた真白は肩すかしをくらった気分で目を瞬《しばた》く。

実際はがっかりしているかもしれないが、文面は好感度の高いいつもの怜悧くんで、さすが駆け出しでもジェムストーンは新人の教育が行き届いている、男のファンにも神対応してくれるなんて、と感心する。

でも、男と知っても「いつか会えるのを楽しみにしている」なんて、これこそ社交辞令だろうし、こんな寛大な返事をしてくれるのは彼も同類だからではなく、やっぱりファンサービスの一環なんだろう。たぶんプライベートじゃなく、もっとメジャーになってサイン会とかで会おうという意味かもしれない。

もちろんそれはそれで充分嬉しいし、彼のことは一生推《お》し続けると決めているから、もしネットの交流がフェードアウトになったとしても、悲しまずに一ファンとしてファン活を続けようと思っていた矢先、本人から携帯に電話がかかってきた。

『乙坂先生、こんばんは、神永《かみなが》です。ええと、あれから一ヵ月過ぎたので、傷の診察をお願いしたいと思って……、急で申し訳ないんですけど、明日の夜とか、お伺いしても大丈夫ですか？』

「ミライ」としてやりとりした直後に連絡があり、焦って自分はどう振る舞うべきだったか一瞬混乱する。

慌てて一ヵ月ぶりに会う、彼のことはよく知らない医師の役だと自分に言い聞かせ、真白は平板《へいばん》な声で言った。

「こんばんは、神永さん。お元気でしたか？　明日の夜ですが、こちらは大丈夫です。何時でも構わないので、お気をつけてお越しください」

『ありがとうございます。俺は元気ですよ、ちょっといいことが起きそうな気もしてて。……じゃあ明日、よろしくお願いします』

そう言って通話を切った相手の声はほがらかで、自分と「ミライ」を同一人物と疑っているような様子は感じられず、真白はホッと肩の力を抜く。

なんだか立て続けにいろいろあって焦ったけど、明日は一ヵ月ぶりに本物の怜悧くんに会えるんだ……！　と今頃喜びが込み上げてくる。

『てっちゃん』に行った日に自分の言葉ではうまく気持ちが伝わらないと諦めモードになり、「ミライ」として文字で関わるだけでもいいと思っていたけれど、やっぱり本当の自分としても、すこしでも近づけるように努力してみようかな、という気持ちになる。

まずはただの「医師と患者」から、「歳の離れた友人」くらいになれるように、明日はなんとか頑張ってみよう、と着信履歴の相手の番号を宝物のように見つめながら真白は思った。

＊＊＊＊＊

「傷は綺麗についていますね。このあとも半年くらい肌色のマイクロポアテープを傷の上に貼っておくと、もっと痕《あと》が薄くなっていくと思うので、可能なときは保護しておくといいと思います。こちら差し上げますので、かぶれたりしなければ継続して使ってみてください」

翌日、診療時間外にクリニックを訪れた想い人にときめきで手が震えそうになりながら傷口を診《み》せてもらう。

薄い線状になっている傷の経過は良好で、テープで保護して紫外線も避けて一年くらい経《た》てば、よくよく見ないとわからないくらい薄くなると思われ、心から安堵する。

「ありがとうございます。何秒もかからない診察のために時間外まで待っててもらっちゃって、ほんとにすいませんでした」

頭を下げられ、真白《ましろ》は「とんでもない」と片手を振る。

「こちらこそ、このためだけにわざわざ来ていただいて、恐縮《きょうしゅく》です」

そう言うと、怜悧《れいり》がなにか企《たくら》むような微笑を閃《ひらめ》かせた。

「いえ、このためだけじゃないんです。先生にお願いしたいこととか、お聞きしたいことがあって。あの、まだ先の話なんですけど、もし俺が今後医療物のドラマに出られることになったら、医師とか看護師の役をやるときに、それらしい手つきとか口調とか、役作りの協力をしていただけないかと思って。専属の医療監修みたいな感じで」

まだそんな役がもらえるかもわからないけど、先約を取っとこうと思って、と悪戯《いたずら》っぽい目で告げられる。

真白は『専属』という響きや、今後も関係を続けてくれる気があるような言葉に内心舞い上がりながら、真顔で頷いた。

「もちろん、私でよければ」

はじめて医師になれと強要した父に感謝の念を抱《いだ》き、ほかにももっと役作りに協力できるような特技があったらよかったのに、と無趣味な己《おのれ》を悔やんでいると、彼が立ち上がって荷物置きのワゴンから結構中身が詰まっていそうなリュックを持ち上げた。

「あと先生、おなかすいてませんか？　実家から母がいろいろ大量に送ってきたので、ごはん作ってきたんですけど、一緒にどうかなと思って」

実は真白も昨夜《ゆうべ》から「このあと食事でも」と自然に誘う練習をこっそりしていた。が、自分が言う前に先に誘われ、内心（怜悧くんの手作り……！）と取り乱しながら首肯《しゅこう》する。

「……はい、是非、ご賞味《しょうみ》させていただきたいです」

「ご賞味っていうほどのもんじゃないんですけど」とくすっと笑顔になる相手に内心ぽうっとしながら院長室に案内し、応接ソファにひとり分ソーシャルディスタンスを取って並んで掛ける。

推《お》しの手料理という感動的なものを目の前にして、写真に残したくてたまらなかったが、まだそこまで素を晒《さら》してはいけない、とぐっと堪《こら》えていると、彼がリュックからお茶のペットボトルと缶ビールや酎《ちゅう》ハイを数本取り出した。

「よかった、まだ冷えてる。先生、お酒って飲めるほうですか？　どんな酒癖なんですか？」

にこやかに問われ、真白はすこし困って首を傾《かし》げる。

「……飲めなくはないんですが、あまり量は飲まないので、酒癖というほど顕著《けんちょ》な変化は経験したことがないです。神永さんは……？」

まだ若いけれど、芸能界の人たちは大酒飲みの人も多いと聞くし、彼も先輩たちの洗礼を受けているのかも、と思いつつ問うと、

「俺もまだ二十歳なのでそんなには。じゃあ、お互い乾杯程度ってことにしましょう」

とにこっとCMみたいな爽《さわ》やかな笑顔で缶を渡され、マスクのない素顔のあまりのまばゆさに、飲む前に酩酊《めいてい》しそうになりながら受け取る。

プルトップを開けて乾杯すると、（怜悧くんとこんなに親しげなことができるなんて……、しかもふたりっきりだし）と改めて予想外の展開に舞い上がって頭がかーっとして喉《のど》も渇《かわ》き、ついお茶のようにごくごくストロング酎ハイを飲んでしまう。

普段より酔いが早く回ってきて、真白は軽く視界が左右に揺れる中、箸《はし》でおかずを何度かつまみ損《そこ》ねながら、

「……怜悧くんて、お料理上手なんですね」

とやっとうまく摑めた卵焼きに笑みかける。

酔いで常より表情筋が円滑《えんかつ》に動くのが自分でもわかり、左にいる相手ににっこりすると、

「……そうですか？　適当なんですけど」

とちょっと照れくさそうな顔をされてキュンとする。

思わず「好きです」と心の声が口から漏れてしまい、「え」と目を瞠《みは》られて「あの、卵焼きが」と慌てて付け足す。

マズい、本当に酔ってしまったかもしれない、しっかりしろ、自分、と真白はクラクラする頭で己を叱咤《しった》する。

いつかはちゃんと告白したいが、こんな酔っぱらった時に言っても、きっとまた信じてもらえない、と卵焼きを咀嚼《そしゃく》しながらうろたえる。

しばし沈黙が流れたあと、隣から彼が言った。

「あの、乙坂先生、プライベートなことを聞いてもよければ、前に『恋人いない歴三十二年』とか、『仕事以外、予定はガラ空き』って言ってましたけど、ほんとですか？　なんでかなって思って、もしかして理想が高いのかなって思ったんですけど」

「……」

そんなことは覚えていてほしくなかった、という恥ずかしい事実を持ちだされ、真白はアルコールで赤くなった頬をさらに赤らめる。

いたたまれずにまたごくっと酎ハイを飲み、真白は小声で答えた。

「……その、この歳でお恥ずかしいんですが、本当です。別に理想が高いわけではないんですが、ご縁がなくて……」

いや、いまは理想が高すぎるかも、だって十二歳も年下のイケメン役者に恋焦がれているんだから、と心で呟きながら、さらに缶を呷《あお》る。

「『この歳で』って、全然若いし、そんなこと気にしなくていいと思いますけど。それに俺は年上の人と話すの好きですよ。芸能界の先輩とか『てっちゃん』のお客さんとかも、人生経験積んでる方って話を聞いてても勉強になるし楽しいし」

年上でも大丈夫と言うようなニュアンスに喜びかけ、でも自分には語れるような人生経験というほどのものはない、と気落ちする。

アルコールの影響が涙腺《るいせん》に現れ、

「……俺の半生は怜悧くんに興味深く思ってもらえるようなエピソードがないのが悲しいです。ずっと医者じゃなくて、なんかもっとニットの貴公子みたいな一点物を作る仕事に就《つ》きかったのに、言えずに勉強しかしてこなかったし、昔から口が重くてつまらないから、ずっと父に疎《うと》まれてたし、友達も海来《みらい》しかいないし、美味《おい》しく食べててもそう思ってもらえなかったり、可愛い彼女がいるのかって聞きたいのに聞けないし、直接好きだって言えないし……」

とどんどん悲しくなってきてぽろぽろ涙が零《こぼ》れてしまう。

なんでこんなに涙が出るのか自分でもぼんやり不思議に思ったとき、ソーシャルディスタンスを超えて隣に来た彼にぎゅっと抱き寄せられた。

茶

え、と驚いて顔を上げようとしたが、後頭部と背中に添えた掌《てのひら》でトントンと宥《なだ》めるようにあやされ、その手つきが心地よくて、ずっとそうして欲しくて、もしかして夢かもしれないから
このまま満喫《まんきつ》しよう、と肩口に顔を埋《うず》めて目を閉じる。

しばらくそうされていると、どこか遠くで話しているような彼の声が耳に届く。

「……先生の酒癖って泣き上戸《じょうご》だったんですね。先生の半生は充分興味深いし、性格だってつまらなくないし、口も重くないですよ。初対面から言葉のチョイスが独特で面白かったし、いつも真面目でクールなのに、なんか挙動不審で可愛いし。それにすごく優しい。先生の良さがわからない人にはわざわざ教えてやらなくていいと思う。わかる人にはわかるし」

なんだかすごくいいことを言われているような気がしたが、あまりにも相手の胸が居心地よすぎて、声のトーンや手つきが優しすぎて、アルコールの酩酊《めいてい》も加わって意識が遠のいていく。

強い睡魔に抗《あらが》えずに身を委《ゆだ》ね、翌朝目が覚めたときには彼の姿はなかった。

＊＊＊＊＊

「ちょ、真白《ましろ》、なにやってんの？　こんなとこで寝たの？　もしかしてお酒飲んだの？　ひとりで？」

翌朝、出勤した海来《みらい》が院長室に入ってくるまで真白はソファで眠りこんでいた。

矢継《やつ》ぎ早《ばや》の質問攻めの声がキーンと脳に突き刺さり、なんとか頭痛を堪《こら》えて身を起こすと、仮眠用の綿毛布《めんもうふ》が掛けられ、空《から》の缶やタッパーは片付けられ、お茶のペットボトル以外、怜悧《れいり》がいた痕跡はなかった。

あと二十分で最初のクライアントが来ると気づき、焦《あせ》って隣のシャワールームに飛び込み、冷たいシャワーを浴びて身体に残る酒精《しゅせい》を抜く。

昨夜《ゆうべ》手作り弁当を食べてお酒を飲んだあたりから記憶が曖昧《あいまい》で、どんな展開があってなにを話したかよく覚えておらず、もしかしてマズいことを口走っていたらどうしよう、メモもなく出て行ってしまうなんて、なにかやらかしたのかもしれない、と真白は二日酔いの顔色をさらに青ざめさせる。

昨夜自分はなにかしでかしたのでしょうか、と本人に聞くのもためらわれ、びくびくしながら一日仕事をして帰宅すると、怜悧から電話がかかってきた。

『乙坂《おとさか》先生、こんばんは。昨日はありがとうございました。あと、すいません、今日朝から養成所の授業があったので、片付けだけしてメモ残すのも忘れてご挨拶《あいさつ》もせず帰っちゃって。あと先生お酒弱かったのに飲ませちゃってすみませんでした。二日酔いとか大丈夫でしたか？』

彼の声はいつも以上に機嫌よさそうだったが、真白はスマホごと頭を下げ、

「こちらこそ、お世話をかけたようで失礼しました。実は久しぶりに飲んだせいか、よく覚えていないんですが、もし神永《かみなが》さんにご迷惑をおかけしていたら、大変申し訳ありません。……その、なにか失礼なことはしていませんか……？」

と内心の動揺を押し隠して確かめる。

彼はほがらかな声で、

『いいえ、全然。すごく楽しかったです。そうだ、先生、よかったら、素面《しらふ》でも酔ったときみたいに自分のことを『俺』で、俺のことは『怜悧くん』って呼んでください』

とさらっと言った。

「……え。そ、そんな風に呼びましたか……？」

ブログや心の中の呼び名を口にされ、ぎょっと目を見開きながら聞き返すと、『はい。すごく自然に』と言われ、真白は内心慌てふためく。

……でも、ほかになにか余計なことを言っていたら、こんなほがらかな態度のままじゃないだろうし、きっと大丈夫だ、と自分に言い聞かせる。

ただ、しばらく「ミライ」としてテンションの高いブログを書くのもためらわれ、自粛《じしゅく》していたある夜、彼からまた電話があった。

『乙坂先生、こんばんは。実は次のクールのドラマのお仕事、決まったんです！』

「えっ！」

何故公式での告知の前に自分にそんな報告をしてくれるのかわからず、もしかして酔ったときに頼んだのだろうか、と内心慌てる。でも教えてもらえて嬉しかったので、真白は口角《こうかく》を上げて言った。

「おめでとうございます、よかったですね。必ず拝見します」

『ありがとうございます、来週顔合わせなんですけど、なんと主演は真中旬《まなかしゅん》さんなんですよ！　また共演が叶って、俺めっちゃ嬉しくて、乙坂先生も真中さんのファンだって言ってたから、絶対喜んでくれると思って、早く教えたかったんです！』

浮かれきった顔が目に浮かぶような声でそう言われ、真白は口角をスッと下げて唇を横一直線に戻す。

通話を切ったあと、

「……また真中旬って言ってる……」

と真白はしょぼんと肩を落とす。

真中旬は彼が役者を目指すきっかけになった謂《い》わば自分にとっても恩人だと頭ではわかっているが、彼に好意や憧《あこが》れを露《あら》わにされると心穏やかではいられない。

つい真中旬の画像を検索し、美容形成外科医の目でじっくり観察してみたが、

「……やっぱりどのアングルも完璧だ……」

と敗北を認めて真白は溜息を零《こぼ》す。

類《たぐい》まれな美貌と演技力、人気と名声、およそスターの名にふさわしいものはすべてを手にしてるんだから、もう「怜悧くんの大好きな憧れの人」という称号まではいらないじゃないか……と画像に向かってぼやく。

こんな美貌の国民的スターと間近で一緒に仕事をしたら、元々憧れている人だし、怜悧くんが憧れ以上の気持ちを抱いてしまうかも……、と不安が過《よぎ》る。

それにふたりにはただの事務所の先輩後輩というだけでなく、昔小児病棟で偶然共演していた思い出もあるし、「あの時の子か……！」なんて盛り上がって、この共演を機に人気スターと駆け出し俳優の秘密の下剋上恋愛が始まってしまったらどうしよう……！　と妄想だけで青ざめる。

そのとき、あーやちゃんからＬＩＮＥが来た。

『ミライちゃん、今朝撮った怜悧くんの自主トレの画像いる？　ジョギング中と公園のうんていで懸垂《けんすい》してるとこ撮れたけど、懸垂のほうはちょっとエロい時の顔っぽくて最&高だよっ♡』

「……まったく、あーやちゃんはまたはしたない妄想を……」

そう呟きつつ「全部ください」と返事をし、真白はハッと閃《ひらめ》く。

きっとあーやちゃんは次のドラマの撮影現場もどうにかして突きとめて盗撮《とうさつ》に励《はげ》むだろうか

ら、自分も誘ってもらって一緒に行けば、ふたりの様子を窺うことができる。

実際に自分の目で確かめれば、やっぱりただの先輩後輩だと安心できるかもしれない。

それにあーやちゃんと一緒なら、もし見つかっても友人と会っていて通りすがっただけという言い訳ができるし、彼と真中旬の接近が心配でわざわざストーカーしにきたとバレずに済む。

ただ、あーやちゃんも「ミライ」を女性だと思っているので、実は男だと白状したら引かれるかもしれないが、背に腹は代えられない。

真白が勇気を出して事実を打ち明けると、あーやちゃんは『そうだったんだ。でもミライちゃんはミライちゃんだし、推《お》し友に男も女もないよ』と懐《ふところ》深く受け入れてくれ、次のドラマは一緒に追っかけしようと約束してくれた。

＊＊＊＊

「ミライちゃんっ、遅いと置いてくよ！」

「……ちょ、待ってください、あーやちゃんっ……！」

細身の体に小型の脚立《きゃたつ》を担《かつ》ぎ、巨大な望遠レンズつきのカメラと双眼鏡の入ったバッグを反対側の肩にかけて前を走るあーやちゃんを真白《ましろ》はぜえはあしながら必死で追う。

あれからしばらくの後、あーやちゃんから追っかけのお誘いがあり、真中旬《まなかしゅん》の追っかけをしている女子とコンタクトを取って得た情報から、どうやら今日鎌倉《かまくら》のどこかで新ドラマの撮影があるらしいと摑んだという。

まだ場所が特定できておらず、『うまく遭遇できるか確証はないけど、行く？』と問われ、翌日は休診日だったので「行きます」と返信すると『走れる靴で来てね』と言われた。

指示通り動ける靴を履《は》き、待ち合わせの駅に着くと、『今日はこの格好で行くからね』と朝画像を送ってくれた通り、上下黒の服にピンクのマスク姿のあーやちゃんが脚立を抱えて立っていた。

装備におののきながら駆けより、

「おはようございます、あーやちゃん。今日はよろしくお願いします」

と挨拶《あいさつ》する。

「私のほうが年下なんだから、敬語いらないからね。……待ちあわせ用に画像もらったときもビックリしたけど、リアルミライちゃんってほんとに美形のお兄さんなんだね」

と笑い、ふたりで鎌倉方面のホームに向かう。

あーやちゃんはネットで交流していたとおりに気さくな口調で、

「とりあえずヤマをかけて、鶴岡八幡宮《つるがおかはちまんぐう》に行ってみよう。鎌倉と言えばあそこだし、そこで張って、社務所《しゃむしょ》とか売店の人とかに今日撮影があるか知ってるか探ったり、ツイッターで『真中旬がいる！』『近くでロケしてる！』みたいなことを一般人が呟いてるのを探したり、ロケバスっぽいのが何台か連《つら》なって走ってないかとかも注意して観察して、あそこらへんかも、って目星がついたら速攻で移動するからね」

と伝授しながら、腹ごしらえ用のコンビニのおにぎりを真白にも分けてくれた。

そんな地道な方法で追っかけしてるのか、いままで簡単に成果だけお裾《すそ》分けしてもらって申し訳なかったと反省し、鎌倉駅に着いてから「脚立、俺が運びますよ」と申し出る。

最初に八幡宮まで行って境内《けいだい》を一周したが、それらしき準備もスタッフの影もなかった。

「やっぱこういうとこじゃなく、古民家《こみんか》みたいな方かなぁ。……あっ、七里ヶ浜《しちりがはま》の踏切でなにか撮ってるって呟いてる人がいる！　ミライちゃん、行ってみよう！」

ダッと駆け出すあーやちゃんに続いて江ノ電《えのでん》に飛び乗り、駆けつけてみると別のバラエティ番組のロケだった。

そんなフライングを何度か繰り返して駆けまわった末、やっと真中旬の追っかけの子から銭《ぜに》洗弁天《あらいべんてん》付近で撮影中という確実な情報を得て、急行する。

日頃運動らしい運動をしていないので、脚立を抱えての上り坂がきつく、よたよた駆けていると、あーやちゃんが「もう私が持つから、ミライちゃん早く！」と脚立を引き取り、急勾配をものともせずに駆け上っていく。

追っかけをナメていた、と反省しながら力強く前を走るあーやちゃんを懸命に追う。

ようやくロケ現場を発見し、よさそうな場所に脚立をセットして双眼鏡で様子を窺ったあーやちゃんが「あれ、怜悧くんがいない」とショッキングな言葉を漏らした。

えっ、と真白もガクガクする膝を励《はげ》まして背伸びをして前方の人だかりの奥を目を凝《こ》らして覗いたが、真中旬と還暦《かんれき》を過ぎて再ブレイクしているイケオジ俳優・笛吹満生《うすいみつお》のふたりしかいないようだった。

こんなに苦労したのに、このふたりしか見られなかったら路上に大の字になって泣きたい、と思っていると、

「怜悧くんはこれから合流するのかも。もうちょっと待ってみよう」

と言われて真白は気を取り直し、三段の脚立から下りたあーやちゃんと並んで現場に目を向けながら待つ。

「ミライちゃん、もし今日ハズレだったらごめんね。真中旬の動きを追えば、怜悧くんも同じ現場にいる確率が高いかと思ったんだけど、いつも一緒のシーンってわけじゃないし、今日は収穫なしかも」

じゃあ今日は脚立を持って鎌倉の街を走り回っただけで終わるのか、と一瞬くらっとしたが、

「……いえ、最初から運次第とは思ってたので」

と大人げを見せる。

「でも今日がダメでもまだチャンスはあるから。ドラマの舞台が鎌倉だから、このあともロケに来ると思うし。怜悧くんは笛吹満生の息子の役で、妻を亡くして息子をひとりで育ててきた大学教授の父親が突然『お父さんは恋をしてしまった。たぶん最後の恋だから、一緒に暮らしたいんだ』と連れてきた恋人が真中旬で、『なに考えてんだよ、親父！』って最初は反発しつつ、だんだんこういう愛の形もアリかもってわかりあう星川路郎《ほしかわみちろう》原作のドタバタヒューマンコメディらしいよ。攻めてるよね、テレ塔《とう》」

……そんなストーリーだったなんて知らなかったけど、それじゃ全然端役《はやく》じゃないメインキャストのひとりだし、これで注目されてブレイクするかも……！　と期待に震える。

そうなったらお祝いしたいし、なにより怜悧くんが真中旬の恋の相手役じゃなくてよかった、と心底安堵する。

真中旬たちの撮影風景にはあまり関心がないので、あーやちゃんと最近配信された絵本の朗《ろう》読《どく》をしている動画の怜悧の声と表情が痺《しび》れるという話で盛り上がりながら彼の合流を待った。

が、いくら待てども待ち人は来たらず、とうとうそのシーンの撮影は終了してしまう。

翳《かげ》りだす空の下で撤収《てっしゅう》を始めるスタッフを見つめ、あーやちゃんが虚《うつ》ろな声で言った。

「……今日は諦めようか、足も疲れたし」

「……そうですね」

ふたりでとぼとぼと荷物を担いで坂を下り、

「なにか食べて帰りませんか、昼も抜きだったし」

「うん、ちょっと座りたいよね」

と駅前の喫茶店に入る。

案内された席に着き、ウェイトレスが出してくれた水を飲もうとマスクを外し、なんの気なしに店内に目をやると、奥の席に怜悧本人がいた。

「！」

……嘘、どうして、一日中探し回っても会えなかったのに、こんなところで……、いや、もしかして疲労物質が脳に溜まって、似た年恰好の男子を見間違えているのかも、とまじまじと凝視《ぎょうし》する。

その怜悧似の男子は台本らしきものを持った女性一人と男性二人とコーヒーを飲みながら話しており、打ち合わせか待機中という風情《ふぜい》に見えた。

……ということは、やっぱり他人の空似じゃなく、本物の怜悧くんだ……！　と真白は時間差で驚愕する。

どうしよう、遠くからバレないようにこっそり偵察するつもりだったのに、この距離ならモロバレしてしまう、と焦《あせ》ってマスクをつけようとしたが、ふとこちらを見た彼とばっちり目が合ってしまった。

あ、と驚いた表情に続いて嬉しそうな人懐《ひとなつ》こい笑みが浮かび、内心キュンとしつつも真顔で会釈《えしゃく》する。

こんなに間違えようもなく見られてしまった以上、「ストーカーではなく、偶然友人と鎌倉に来ていただけ」という態《てい》を取らないと、と動揺しながら彼に背中を向けて座るあーやちゃんに視線を向け、マスクをしてすこし身を寄せる。

「あーやちゃん、実は向こうの席に怜悧くんがいます」

声を潜《ひそ》めて告げると、メニューを見ていたあーやちゃんが「えっ！」と叫んで振り向く。

ごくっとあーやちゃんの喉《のど》が鳴り、激写欲求に駆られているのが伝わる。

再びこちらを向いたあーやちゃんに真白は小声で囁いた。

「実は俺、怜悧くんと面識があって、追っかけしたとバレたくないんです。だから、彼が出て行くまで、このまま友達とたまたま鎌倉に遊びに来てふらりと喫茶店に入っただけ、みたいなフリをさせてくれませんか」

そう頼むと、

「うん、わかった。私もバレるのは嫌だし。でも、ミライちゃん、リアルで怜悧くんと面識があったの？」

と問われ、真白はもうすこし顔を寄せる。

「実は、彼が手に怪我をしたのは俺が酔っ払いに絡まれてるのを助けてくれたからで、そのときファンになっちゃったんです」

小声で打ち明けると、

「そうだったんだ〜。さすが怜悧くんは男気あるね」

とあーやちゃんが笑顔で言う。

本当に、と頷きながら、もう一度チラッと窺うと、彼はスタッフらしき人達と共に席を立つところだった。

もうスタンバイの時間なのかな、と思いつつ見ていると、また目が合った。

（頑張って）と心の中でエールを送りながら会釈すると、彼がタッとこちらに向かって走ってきた。

真白たちの前でぺこりと頭を下げ、

「乙坂先生、こんにちは」

とあーやちゃんをチラッと見てから真白に目を戻した。

「こんにちは、怜悧くん。今日はお仕事ですか?」

わかっているが、偶然を装《よそお》うためにしらじらしく問うと、彼は「はい」とすこし照れたように頷く。

「ドラマの撮影で、これから江ノ電に乗り込むところとか、構内のシーンを撮るんです」

「そうなんですか。近くだし、帰りにちょっと見ていってもいいですか?」

思わず食いつくと、「はい、もちろん」とにこやかに頷いてくれ、(やった、生で演技をしている怜悧くんをこの目で見られる……!)と内心興奮する。

でも一応追っかけではないフリをすべきかも、と思い直し、

「……これで怜悧くんのロケにばったり出くわすのは二度目ですね。今日は彼女と鎌倉を散策しに来て、たまたま入った喫茶店に怜悧くんがいたので驚きました。新宿に続いてこんな偶然もあるんですね」

と半分は本当のことを混ぜて偶然感をアピールすると、彼はもう一度あーやちゃんを見てから真白に目を戻し、

「……あの、彼女さん、なんですか?」

とやや遠慮がちに訊いてきた。

「え?」

単にあーやちゃんの本名を知らないので、三人称として「彼女」という語を使っただけで、ただの友人だと答えようとしたとき、「怜悧、行くぞ」と入口付近で待っていたスタッフのひとりが彼を呼んだ。

「あ、はい」と振り返って返事をし、彼は真白のほうをもう一度見おろす。

物問いたげな表情でなにか言いかけて、サッと頭を下げた。

「じゃあ、ちょっと急ぐので、失礼します」

顔を上げたときには笑顔になっていたが、妙に作り物めいたものに感じられ、真白は眉を寄せてドアに向かう彼の背中を目で追う。

彼がドアから出て行った途端、向かいであーやちゃんが拳《こぶし》を握ってその場でじたばたしながら言った。

「あ〜、めちゃくちゃ接写《せっしゃ》したかった〜！　怜悧くんの顔ってほんとにフォトジェニックだよね！　彼より綺麗でかっこいい子はいるかもしれないけど、私には怜悧くんの顔が一番ツボる……！」

そう熱く主張して、あーやちゃんはコーヒーを二杯注文すると、

「ミライちゃん、飲んだら速攻で駅に行こう。本人の許可も得たし、ばっちり見ていこうよ。けど、今日はハズレじゃなく追っかけ成功でよかったね！」

と鼻息荒く言い、真白も頷く。

今日はたまたま居合わせたという言い訳が通用するし、好きな相手が頑張っている姿を思いっきり目に焼き付けたい。

こんなに堂々と推《お》しを見守れるチャンスなんてこの先ないかもしれないし、満喫させてもらおうと真白は思った。

＊＊＊＊＊

「……お芝居してる怜悧《れいり》くん、素敵だったな……」

　その日の夜、鎌倉から自宅に戻り、全身筋肉痛の節々《ふしぶし》を湯船でほぐす間も、パジャマで髪を乾かす間もスマホを離さず、駅でこっそり撮ったロケ風景を繰り返し眺める。

　本番中の真剣さはもちろん、スタッフとやりとりする態度も誠実で真摯《しんし》でファンとして誇《ほこ》らしかった。

　ジェムストーンの教えなのかもしれないけど、怜悧くんはいい子すぎる……！　とスマホを本人の代わりに胸にひしっとかき抱《いだ》く。

　できることなら今日彼に会ったことをブログに暑苦しく書きたいが、そんなことをすれば「ミライ」が自分だとバレてしまうので、書かずに今日の思い出を脳内で何度もリピートする。

　……そういえば、喫茶店で別れたときの物言いたげな表情はなんだったんだろう、とふと引っかかったことも思い出し、理由を考えようとしたとき、彼から電話がかかってきた。

『乙坂《おとさか》先生、こんばんは、夜分にすみません。神永《かみなが》ですけど、いま、ちょっとお話しても大丈夫ですか……？』

外でかけているのか、そばを車が通る音が洩れ聞こえる。

「こんばんは、大丈夫ですけど、どうしました？」

いつもより相手の声が神妙な気がして、なにかあったのかと心配になる。

彼はすこしためらうような間をあけてから、

『……あの、ちょっと痛いところがあって、先生に診《み》てもらえないかと思って……』

とやや口ごもり気味に言った。

「俺で診れるものならすぐ拝見しますが、いまどちらに？」

推《お》しの大事な身体になにかあったら一大事だと焦《あせ》って問うと、

『実は、クリニックに向かってるところで、こんな時間にほんとに申し訳ないんですけど、ちょっとだけ、診察してもらえませんか……？』

と懇願《こんがん》するように言われ、「もちろん」と真白《ましろ》は即答する。

「すぐ行きますから、五分待っててください」

通話を切ってから、どこを怪我したのか聞きそびれたことに気づいたが、声の調子では顔や頭など緊急性の高い部位という感じではなさそうだったから、ロケ中の打撲《だぼく》とか捻挫《ねんざ》かもしれない、と思いながら、急いでパジャマを着替えて乙坂クリニックに向かう。

ビルの入口に立っていた彼を裏手の通用口から中に招き入れ、

「怜悧くん、どこが痛いんですか？」

と灯《あか》りをつけた処置室で問う。

一見したところでは怪我をした箇所《かしょ》が見当たらずに本人に確かめると、彼はためらいがちに自分の胸を指差した。

胸部《きょうぶ》にどんな損傷《そんしょう》を受けたのか詳しく訊こうとしたとき、彼が伏し目がちに言った。

「……今日、先生が彼女とデートしてるところを見てから、ずっとここが痛いんです。……だって先生は俺のことを好きでいてくれてるって思ってたから……」

「……え」

予想もしていなかった相手の言葉に、真白は固まる。

……いま、いろいろ変なことを言われた気がする。

デートなんかしてないし、あーやちゃんは彼女じゃないし、それを見て怜悧くんが胸を痛める理由も、「先生は俺のことを好きだと思ってた」とバレてる理由も全然わからない……！

と内心恐慌を来《きた》す。

彼はさらなる衝撃発言で真白のパニックに拍車をかけた。

「乙坂先生って、ブロガーの『ミライ』さんでしょう？」

「……っ！」

……なぜそれを、と真白は引き攣《つ》る。

どうしよう、なんでかわからないけど、いままで怜悧くんに隠していたことがすべて、彼に恋していることも、自分が「ミライ」で暑苦しいブログを書いていることも、彼にはとっくに知られていて、気づいてないフリをされてたみたいだ……、と真白は事実を悟《さと》ってショックと羞恥《しゅうち》で失神したくなる。

辛《かろ》うじて声を絞り出して、

「……あの、それは、もしかして先日酔った際に、そういう話を自分からしたんでしょうか……？」

となんとか原因の究明を試《こころ》みると、彼は神妙な顔のまま首を振った。

「いいえ、いろいろヒントになることは言ってましたけど。先生に『みらい』っていう名前の友達がいることとか、直接好きって言えないとか。だから、ミライさんとして、ブログで大好きって言ってくれてるのかなって」

「……」

相手にはすべてお見通しで、自分だけがバレていないつもりでじたばたしていたのかと思うといたたまれないが、もうそこまでバレているなら、と真白は意を決して小さく頷いた。

「……実は、その通りで、怜悧くんに初めて会ったときから好きでした。でも男とか年上とか、いろいろ気になって言えなくて、ブログに綴《つづ》ることしかできなくて……、怜悧くんから『ミライ』にメッセージが届くようになっても、実は俺ですって言ったら終わってしまう気がして、女性ナースのフリをしていました。すみません、嘘ばっかりついて」

でも、と真白は伏せていた目を上げる。

「俺が『ミライ』として怜悧くんに言った言葉は全部本心からで、嘘や社交辞令はひとつも言っていません」

それだけは信じてほしくて懸命に告げると、彼は一瞬の間のあと、ぱぁっと全開の笑顔になり、ぎゅっと真白を抱きしめた。

「……っ！」

しばし鼓動が止まったが、続いた相手の言葉に今度は滅多矢鱈《めったやたら》な速度で心臓が動き出す。

「俺も先生が好きです。先生がミライさんだって最初から気づいてたわけじゃないけど、なんとなくミライさんの言葉を読んでると、先生が言ってくれた言葉と被《かぶ》る気がしたんです。先生が傷を縫《ぬ》いながら『あなたはこれからだ、華がある、きっと誰かが見ててくれる』って言ってくれたとき、ほんとに嬉しくて、でも嬉しいだけじゃなくて、すごくドキドキもしたんです」

まさかの告白に膝が崩れそうで、空気も薄くなったように息も苦しくて、必死に相手の背中にすがりつく。

彼ももっと強く腕に力を込めて抱きしめ返してくれ、さらに言葉を継いだ。

「……それで、思い切って『てっちゃん』に誘ったんですけど、箸《はし》がなかなか進まないように見えたし、怪我させた罪悪感だけでつきあってくれたのかなって思って、先生はこんな立派なクリニックの院長さんだし、すごく綺麗で成功してて、ちょっとの怪我にポンと百万くらい入ってそうな封筒くれようとするし、俺みたいな駆け出しの若造は釣り合わないと思って、」

その告白に真白は驚いて、思わず途中で遮《さえぎ》るように叫んだ。

「そんな、怜悧くんに釣り合わないと思っていたのは俺のほうです！　ひとまわりも年上だし、コミュ障で愛想《あいそ》もなくて、三十二にもなって童貞処女のうえ、恋人でもない男性の局所《きょくしょ》は仕事で何本も触ったことあるし……！」

と焦ってまた余計なことを口走ってしまい、ハッと口を噤《つぐ》む。

どうして自分の口は焦るとわけのわからないことを言ってしまうのか、と内心おろおろしていると、相手はくすっとおかしそうに笑う。

「ほら、そういう独特のワードセンスがミライさんのブログやチャットでも感じられたんです。心から励《はげ》ましてくれる気持ちも本当にありがたくて、ずっと感謝してたんですけど、途中で俺と先生しか知らないはずの『組員B』のカットされた台詞《セリフ》をミライさんが知ってたから、先生なんだって気づいて、めちゃくちゃ嬉しかったんです。でも先生も隠したいみたいだったし、俺もまだ全然役者として芽が出てないから、いまは言う資格ないと思って、もっと先生に釣り合うくらい結果を出してから告白しようと思ってたら、さっき女の子と一緒にいるとこ見ちゃって、すごいショックで、どうしてもいますぐどんな関係か確かめたくて、呼び出しちゃったんです。すいません、怪我したなんて嘘ついて」

でもほんとに胸が痛かったんですよ？　と弁解するように付け足され、真白の胸もキュンキュン痛む。

真白は肩口に押しつけた額を左右に振り、

「嘘をついていたのは俺も一緒なので謝らないでください。でもさっき一緒にいたのはただの『推し友』で、彼女じゃありません。お恥ずかしいんですが、怜悧くんのロケを見たくて追っかけしてたんです……」

と白状して上目で見上げると、彼はホッと安堵《あんど》したような吐息を零《こぼ》し、また嬉しそうに笑んだ。

「……よかった……。喫茶店で先生と目が合ったとき、最初先生しか目に入らなかったから、ほんとに追っかけしてくれたのかなって喜んだ途端、親しげに女の子と顔寄せ合ってしゃべってるから、いつのまにか彼女ができちゃったのかも、俺のことはただの『推し』だったのかもって、あれからずっとぐるぐるしちゃいました」

相手の素直な言葉や眼差しから、自分と同じように想う相手の言動に一喜一憂《いっきいちゆう》してしまう恋の病に罹《かか》っているのがわかった。

本当にこんなことが起こるのかとまだ半分信じられないが、自分がミライとして伝えた気持ちがきちんと届いていたことや、いま自分の口から告げた無器用な告白もちゃんと心に届いたことが嬉しくて、じわりと涙が滲《にじ》んでくる。

彼はこれから多くのファンを魅了することになる眼差しで真白を見おろしながら言った。

「乙坂先生、ほんとはまだ言う資格ないけど、やっぱり言わせてください。こんな年下の駆け出しで、金もなくて、あるのは夢と希望と、若さと情熱と、まあ顔と身体に、先生を大好きだっていう気持ちだけなんですけど、先生の恋人になりたいんです。よかったら、いまのうちに青田《あおた》買《が》いしてくれませんか……?」

推しに抱きしめられながら口説《くど》かれるという夢のシチュエーションに昇天《しょうてん》しそうになりつつ、

「買います、全部ください」

と真白は嘘も取り繕《つくろ》いもせず本音を告げた。

＊＊＊

想いが叶った奇跡を噛みしめ、相手の腕の中でうっとりしていたとき、彼が耳元で言った。

「……あの、乙坂先生、今すぐという話じゃないんですけど、医療監修以外でもうひとつお願いしたいことがあって……、先生もさっき『童貞処女』だって叫んでましたけど、実は俺も、まだ経験がないので、もし今後官能シーンのある役が来たら、相手役と絡《から》む芝居をする前に、先生と本気のを、させてほしいんですけど、そのときになったらお願いしてもいいですか……?」

「……」

でも練習台とかいう意味じゃなくて、いつかは本気で先生とそういうことがしたいっていう話なんですけど、とごちゃごちゃ付け足す相手を真白はバッと見上げる。

……そうか、役者の恋人を持つということは、他の人とお芝居で恋人役を演じたりするのを黙って見ていないといけないということか、と改めて気づく。

憧《あこが》れの俳優がいると聞いただけで心配になる自分にそんなことが耐えられるだろうか、と自問しながら相手の魅惑的な瞳と唇を注視する。

恋人の欲目じゃなく、こんなに素敵で才能のある若手がいつまでも売れずに埋《う》もれているわけがないし、すでにいい役も摑んでいるし、明日にも官能シーンのある役をマネージャーさんがとってきてしまうかもしれない。

自分も初心者で自信はないが、いますぐ彼のすべてをいただいておかないと、きっとそんなに猶予《ゆうよ》はない、と肚《はら》を括《くく》って真白は言った。

「……怜悧くん、それは今すぐ実行すべき話だと思います。だってすぐに官能シーンのオファーが来るかもしれないし、俺は恋人として怜悧くんの役作りには身体を張って協力する気でいるので、いまから、本気の行為をしませんか……？」

お芝居でも誰かが彼に触れる前に、自分の身体でマーキングしておきたかった。

決死の形相《ぎょうそう》で誘うと、彼は一瞬目を丸くしてから、「……先生って、役者の恋人の鑑《かがみ》みたいな人ですね」と照れた笑顔でチュッと可愛いキスをくれた。

＊＊＊

「……ん、んんっ……ふっ…ン」

交代でシャワーを浴び、バスローブの代わりに予備の白衣を羽織《はお》り、院長室のソファで唇を求めあう。

先日和《なご》やかにお弁当を食べて楽しく酒盛りした同じ場所で、今日はこんなことをするなんて、自分でもまだ信じられない。

でもキスをはじめる前に、

「……先生、俺、初めてだから、下手かも……。嫌だったり、気持ちよくなくて『そうじゃない』って思ったら、教えてください」

と謙虚に言われ、可愛くて愛《いと》しくて、なんでもしてあげたくなった。

「……大丈夫ですよ。ふたりとも初めてなんだから、技術面はあんまり気にしないで、お互いに相手にしてあげたいことを、しませんか……?」

相手とひとまわりも離れている年齢差がずっと障壁《しょうへき》としか思えなかったが、もし彼が同年齢だったら、とっくに誰かの物になっていただろうし、こんなに初々《ういうい》しいままではなかったかもしれないから、いまの彼に巡り合えてよかった、と心から思う。

お互いに照れ笑いを浮かべて見つめ合い、どちらからともなく唇を寄せ合う。

初めてで緊張するが、彼がいつか濃厚な官能シーンを演じるときに、『この子あんまり経験なさそう』と視聴者に思われないように協力するのが恋人の務めだと自分に言い聞かせる。

最初は遠慮がちに触れ合わせてきた彼の唇に懸命に舌を差し出して誘惑すると、すぐに絡め返され、互いに舌の動きが大胆さを増していく。

「んっ、んっ、ふっ、ぅんっ」

唇や舌を食《は》まれながら白衣の胸元に手を入れられ、ビクッと震えたのは緊張より快感のせいだった。

指先でまさぐってからキュッと乳首を摘《つ》ままれると、じんと痺《しび》れて腰まで疼《うず》く。

真白は並んで掛けていた姿勢から、唇を合わせたまま移動して相手の膝に跨《また》がる。

初心者同士でも年上としてリードしなければ、という気負いもあったし、いままで公式映像や盗撮画像で隈《くま》なく眺めていた精悍《せいかん》な身体が目の前にあるのに、慎《つつし》みや恥じらいなんて邪魔なだけだと思った。

唇を離して息を上げながら、

「……ね、怜悧くん、怜悧くんの…これ、触っても、いいですか……？」

と全裸に羽織っただけの白衣の間からすでに天を向く性器を指でつつくと、

「……うん、もちろん……。先生の仕事でも、他の男のをさんざん触ったなんて悔しいから、ちゃんと俺のも触って……？」

とちょっと咎《とが》めるように吐息でねだられ、要《い》らぬ焼もちが可愛くて、真白は相手のものを大事に握る。

はっ、と吐息交じりに喘《あえ》ぐ相手の顔や声は言うまでもなく、形のいい性器を摑む掌《てのひら》の感触でも興奮して、真白は息を乱して茎《くき》や尖端を撫でまわす。

「……あ……、すご、きもちい……、ぅん……」

熱愛する推しの快感を堪《こら》える表情を間近で凝視《ぎょうし》できる特権を享受《きょうじゅ》しながら、大胆に両手を蠢《うごめ》かせて濡れた茎や嚢《ふくろ》を捏《こ》ね回していると、彼が真白の白衣を鼻先でめくりながら乳首に吸いついてきた。

「アッ……！」

思わず声を上げてしまうほど気持ちよくて、思わず膝の上で跳ねる。

片方の乳首を唇と舌で舐《ねぶ》りながら、反対の乳首を揉《も》みしだかれ、軽く背を反《そ》らせてもっと愛撫を求めてしまう。

「ンッ、はっ、ぁん……」

片腕で相手の首を引き寄せて胸に押しつけ、片手で彼の性器を扱《しご》き立て、疼《うず》く尻を膝の上で揺らしながら喘ぐ。

「……先生、すごいエロいし、手も気持ちよすぎて、もうイキそう……っ！」

濡れた乳首を口から離して胸元で呻《うめ》く相手をもっと感じさせてあげたくて、真白は握った性器の根元をきつく縛《いまし》め、ソファから降りて床に両膝をつく。

脚の間に入り込み、

「……怜悧くん、たぶん口のほうがもっといいから、やってみていい……？」

してあげたいという気持ちより、自分が相手のものを舐めてみたい気持ちに駆られながら、欲情に潤《うる》んだ目で見上げる。

「……先生、普段とギャップありすぎで、さっきから先生がこんなことしてくれるなんてって、頭おかしくなりそうに興奮してるんですけど……」

息を荒らげながら告げられて赤面しつつ、決して否定的なニュアンスではなさそうだったので、真白は本能の命ずるまま舌先で唇を湿らせる。

太くて長い性器に唇を寄せ、尖端をちろりと舐める。

ビクッと快感に震える腹筋を見たら、もう止まらなかった。

「……んっ、んぅ、んっく、んむっ……」

太い屹立《きつりつ》に舌を巻きつかせてしゃぶりつき、尖らせた舌先で鈴口《すずくち》をつつく。

好きな相手がいない頃は、口戯《こうぎ》なんてきっと頼まれて仕方なくやるものだろうと想像していたが、彼の性器を口に含み、唇と舌で唾液《だえき》まみれにしながら愛《め》でるのはむしろご褒美《ほうび》のような心地がした。

上顎《うわあご》に尖端を当てて頭を振りながらうっとりと啜《すす》っていると、

「先生っ、ダメだもう、イキそうだから、顔どけてっ……！」

と顔を摑んで引き抜かれた瞬間、びゅるっと熱い粘液《ねんえき》を顔にかけられた。

「……あ」

これが噂にきく顔面射精というものか、とふと冷静になって考えていると、怜悧に土下座せんばかりに詫《わ》びながら手で顔を拭《ぬぐ》われた。

「す、すみませんっ、違うんですっ、こんなことする気じゃなくて、口に出しちゃいけないと思って、急いで出そうと思ったら、間に合わなくて……！」

「大丈夫です、謝らないで。俺がしつこかった気がするし、怜悧くんのせいじゃないです。ちゃんと気持ちよかったなら、よかったです」

初めての口淫《こういん》でも達《い》かせられた、とほっとして笑みを浮かべると、恐縮のあまり泣きそうだった相手の顔が複雑な表情になる。

「いま、キュンとしてホロッときて、めちゃくちゃムラッときました」

自身で解説しながら床から真白を引き上げて、

「今度は俺が先生を気持ちよくしてあげますから」

と宣言して両腿《りょうもも》を抱え上げられ、迷わず脚の間に顔を埋《うず》められた。

「ああっ……！」

初めて味わう快感もさることながら、推しの唇に自分のものが出入りしているという禁忌感《きんきかん》で興奮が倍増する。

羞恥にぎゅっと目を閉じて、相手の端整な顔が自分の股間に埋められ、しゃぶりつかれるのを感覚と想像だけで味わう。それだけでも悲鳴を上げてしまいそうに悦《よ》かったが、どうしても直《じか》に見たい誘惑に抗《あらが》えなくなる。

あ、あんっ、と悶《もだ》えながら薄く目を開けて視線を下げると、じゅるっと音を立ててフェラチオする相手と目が合い、失神しそうな興奮と快感に思わず達してしまう。

「す、すみませんっ、怜悧くん、俺まで出しちゃって……、まだ達きたくなかったのに、ビジュアルが強烈で、出ちゃいました……！」

大事な推しの口中に射精するなんて、と跳ね起きて詫びようとすると、してやったりと言わんばかりの笑みを浮かべた彼に身を裏返される。

四つんばいにされ、脱げかけた白衣の裾《すそ》をめくられ、腰の奥に己の精を口から垂《た》らされる。とろりと生温かいぬめりにびくりと震えると、

「……先生、ここに俺の指、入れてもいいですか……？」

ぴちゃ、と音を立てて人差し指で入口を撫でながら問われ、真白は目許《めもと》を赤らめて小声で言った。

「……あの、実はさっき、シャワールームで一応自分で準備したので、たぶん、すぐ挿《い》れても大丈夫かと……」

初めての相手にその部分の準備をする知識や余裕があるかわからなかったし、二十歳の童貞男子は性急に挿れたがるものかと思い、根性で自分で拡《ひろ》げて潤滑剤《じゅんかつざい》も塗りこめておいた。

ぴちぴちの若い身体じゃない分、こんな身体でよかったら、どうか手間暇《てまひま》かけずにいただいてください、という気持ちだったが、

「え……、それは俺の仕事でしょ。次から俺にやらせてくださいね」

とすこし不満げに言われてしまう。

そんなの恥ずかしい、でも「次」もあるんだ、とひそかにときめいていると、チュッといきなり蕾《つぼみ》に口づけられ、ビクッと驚いて目を瞠《みは》る。

「ちょ、怜悧く……！　ひぁっ！」

「先生が準備してくれてても、俺もしてもいいですよね」

そう言って彼は奥まった場所を舌で舐め回し、達ったばかりの性器も同時に扱いてくる。

「ア、あっ、待っ、んぁあっ……！」

そんなことは推しにさせられないと思うのに、そこを舐める相手の舌先から媚薬《びやく》でも出ているかのように気持ちよく、抗うこともできずに腰を揺すってしまう。

自分でも濡らして拡げた奥を、相手の指や舌でさらに掻《か》きまわされて抜き差しされ、真白は身を捩《よじ》って叫ぶ。

「……怜悧く……、もういいから、怜悧くんのを中に挿れて……！」

そう訴えながら、なんとか向きを変えて上向きになり、自ら足を抱えてそこを晒《さら》す。

死ぬほど恥ずかしかったが、どうしても大好きな恋人の顔を見ながら挿《はい》ってきてほしくて、汗と涙で濡れた顔で相手を見上げる。

「……先生、やばい、エロくて綺麗で、挿れる前にイっちゃいそう……」

そう呻《うめ》くように言い、彼は後孔《こうこう》に大きな怒張《どちょう》を宛《あて》がうと、ずぶりと中に押し入ってきた。

「ん、あぁっ……！」

ぐぅっと熱くて長いもので内壁《ないへき》を擦《こす》りあげながら身を進められ、じわりと涙が滲む。

ずっと自分のものにはできないと思っていた相手と身を繋げられる喜びの涙で、息も絶え絶えになりながらも、嬉しくて相手の顔から目が離せなかった。

最奥《さいおう》まで身を埋めた相手が「はぁっ……」と色っぽい吐息を零し、その震えが繋がった場所まで響いてじんと痺れる。

「……先生、痛くないですか……？」

本当はすこし苦しかったが、気遣ってくれる優しさが嬉しくて、真白は「大丈夫……」と頷く。

そのまま動かずに待ってくれる相手を見上げ、真白はひとつの願いを口にする。

「……怜悧くん……、この先もまた、役で初めてのことをするとき、できれば、俺と先にやってくれませんか……？」

独占欲と、この先もずっとそばにいたいという願いを込めて告げると、相手は見ているだけでじわりと胸が熱くなるような目をして頷いた。

「……お願いします。もし俺がひとかどの役者になれるとしたら、どんなときも味方になって応援してくれて、役作りにもつきあってくれる真白さんのおかげです」

「先生」ではなく初めて名前で呼びながら大事そうに口づけられ、真白はときめきで死ねるかもしれない境地を味わう。

抽挿《ちゅうそう》をはじめた相手に合わせ、すこしでも相手にもよくなってほしくて真白も身を揺する。

「あっ、はぁっ、怜悧くっ……、すご…奥まで、きもちい……んあぁっ……！」

「……すげ、俺も……っ、どうなってるの、真白さんの中……っ」

硬い尖端で前立腺《ぜんりつせん》を抉《えぐ》られて悶えながら、中で相手を締めつける。

奥がどうなってるのかなんて自分ではわからないが、相手の快感に歪《ゆが》む顔と、自分の名前を呼んでくれる声に興奮して、きっとすごいことになっている気がする。

あーやちゃんが盗撮した懸垂《けんすい》中の顔も汗ばんですこし眉を寄せて歯を食いしばるような表情で妄想をかきたてられたが、自分の中で激しく腰を遣う本物のほうが何億倍もエロすぎて、真白は身の奥と心と目で感じながら絶頂を迎えた。

＊＊＊

シャワーを浴びるのも億劫《おっくう》になるほど求めあったあと、すこし息が落ち着くまでソファで抱き合いながら、真白は恋人に言った。

「……怜悧くん、俺は怜悧くんがいつか役者として大成すると信じていますし、そうなるまでと、そうなってからも協力は惜しまないつもりです」

そう宣言すると、「ありがとうございます」と汗で湿った真白の髪を撫でながらにこやかに言う相手を見つめ、真白は続けた。

「それで、今回も初めてにしてはかなり濃厚だったと思うんですが、もし今後もっと濃厚な官能シーンがあるオファーが来た場合に備《そな》えて、さらに回数をこなしたほうがいいのかなと思ったんですけど」

あくまでも役作りの協力の一環で、すごく悦《よ》かったから何度もしたいという我欲《がよく》のためだけではない、という理論武装をして提案すると、彼はすこし目を見開き、楽しそうに笑んだ。

「ありがとうございます。やっぱり真白さんは役者の恋人の鑑ですね。こんな協力的な恋人を持てて、俺は幸せ者です」

そう言われて内心満更《まんざら》でもなく、真白はもうひとつ役者の恋人らしいことを提案した。

「あの、今度ジェムストーンの本社経由で、怜悧くんに青いバラの花束を送ってもいいですか？　直接渡すより、事務所を通したほうが、会社の方に怜悧くんには『紫のバラの人』みたいなファンがついてるのか、もっと気合い入れて売ってやろうって思ってもらえるかなと思って」

彼からはじめてブログにコンタクトがあった日に「『紫のバラの人』みたいな方」と言われてわからなかったので、検索したらマンガのキャラで、年下の天才女優を陰ながら応援する芸能事務所社長のことだとわかり、なかなか言い得て妙だと思い、いつか真似したいなと思っていた。

真白の提案に彼は嬉しそうに笑い、

「わあ、ファンから花束をもらうなんて初めてだから嬉しいな。けど、なんで紫じゃなくて青いバラなんですか？」

と訊かれ、真白は口角《こうかく》を上げて相手を見つめる。

「それは、なかなか芽が出ないって落ち込んでる怜悧くんを励《はげ》ましたくて、なにか元気が出そうなプレゼント探していたら、青いバラの花言葉は『夢かなう』で、九本の花束だと『いつも応援しています』という意味になると知って、カードに添えたかったんです。それに公式プロフィールに怜悧くんの好きな色は『青』だと書いてあったし」

推しのことならなんでも知っているという得意げな目をしてそう言うと、彼はまたキュンとホロッが同時に胸に湧いた表情になった。

「……すごく嬉しいけど、ちょっと惜しいです。俺、最近恋人の影響で好きな色が変わったので」

初耳の情報に「えっ、何色に？」と驚いて問うと、

「わかるでしょ？　白ですよ。あなたみたいな真っ白」

と笑みかけられ、真白の胸にもキュンとホロッが同時に込み上げた。

両想いに塗るクスリ

[ryouomoini nuru kusuri]

推《お》しがスターダムに駆けあがる、というファンなら誰しも抱く夢と悲願が現実になるのを、乙坂真白《おとさかましろ》はリアルタイムで目撃した。

ブレイクのきっかけになった『きっと最後の恋だから』で、怜悧《れいり》は「あのかっこいい子、誰⁉」と世間をざわつかせ、すぐにドラマのスポンサーの通信会社の新CMに起用が決まった。

宇宙人一家のシュールな日常を描くシリーズもののCMの新キャラに抜擢《ばってき》され、宇宙人一家のお父さんの水虫薬が間違ってペットのタコにかかった途端、イケメン男子に変身してしまうCMで、怜悧の顔は一躍《いちやく》全国区に知られるようになった。

そのCMを皮切りに次々とオファーが舞い込んで『てっちゃん』のバイトも続けられなくなり、次クールのドラマや映画、バラエティ、雑誌のグラビアに帯の料理番組のアシスタントMC、ミュージカルの舞台など、『一夜にして』という言葉があながち大げさではない勢いで売れっ子若手俳優の仲間入りを果たした。

それまではわずかな出演シーンを目を皿のようにして探したり、それすらもらえずオーディションに落ち続ける姿を見聞きしていたので、どうしてこんなかっこよくて努力家で演技力もある有望株になかなか光が当たらないのかとやきもきしたが、売れるときはいきなりだった。

出会ってからずっと、いつか世の中が『神永怜悧《かみながれいり》』という逸材《いつざい》に気づく日が来る、と固く信じて推してきたので、いまこうしてめざましく活躍する姿を拝《おが》むことができ、ありがとうありがとう、でもこうなるのはわかってた、と喜びの涙で頬を濡らしつつも鼻高々になってしまう。

ともあれ、いまは供給過多《かた》なほどの露出量に嬉しい悲鳴を上げながら推しごとに励《はげ》む日々で、彼の出演番組はすべて高画質で録画し、繰り返し鑑賞して感想をブログにUPし、番組HP宛てにコメントを送り、彼の載った雑誌は最低五冊買い、記事をコレクション用にファイルし、グラビア写真でオリジナル怜悧グッズを作ったり、布教用にクリニックの待合室にも置き、出版社に熱いアンケートハガキとWebアンケートを書き、ジェムストーン宛てにも一ファンを装《よそお》ってファンレターやプレゼントを送ったりしている。

一方プライベートの彼とは、両想いになれた途端ブレイクして多忙になってしまったので滅《めっ》多《た》に会えないが、たまのオフには最優先で会いに来てくれ、会えないときも畏《おそ》れ多いほどマメに連絡をくれるので、嬉しくてありがたくて、愛と感謝と感激以外の気持ちは抱けない。

LINEでは公式より飾らない素を余さず見せてくれ、

『真白さん、新しくサイン考えてみたんですけど、どれがいいと思います？　いままで街でサインを頼まれたり、共演者さんたちと食事に行ったお店の人から壁に飾る色紙を頼まれたりすることなんてなかったし、前は売れてないのにサインだけいっぱしの芸能人気取りのシャシャッとしたのを書くのが恥ずかしかったから、普通に漢字で名前書くだけだったんですけど、マネージャーの杏咲《あずさき》さんにそろそろ署名じゃないサインにしたらって言われたので、三パターン考えてみました。真白さんがいいと思ってくれたのにするので、選んでくれませんか？』

とか、

『今日、撮影用に借りてるお宅のご都合で、急遽《きゅうきょ》明日撮る分も今日中に一気撮りしたんです。七話→九話→五話→八話の順で撮ったので、頭がこんがらがっちゃって、「音原《おとはら》さん」って呼ばなきゃいけないところをつい「乙坂さん」って言っちゃってNG出してしまいました』

とか、

『またドラマのお仕事決まりました！　今度はネット先行配信のゾンビもので、実は俺ホラーちょっと苦手で、真白さんも前に怖いのは苦手って言ってたと思うんですけど、杏咲さんにただのホラーじゃない社会派のゾンビものだし、印象の強いキーマンの役だからやってみろって言われたので、ビビリ返上《へんじょう》で頑張ります！　配信が始まったら、真白さんに一人で見てもらうのは酷《こく》だし、俺も一人じゃ見たくないから、一緒に頭から毛布被《かぶ》って抱き合って見ましょうね』

など、特別に気を許した相手ならではの文面や、ちょくちょく挟んでくれる好意が嬉しくて、（もう可愛すぎる、大好き、一生推す！）と毎回悶《もだ》えずにはいられない。

今日は怜悧の新CMのオンエア開始日で、いままでにも人気の若手が多く起用されてきたサイダーのCMの新バージョンとのことで、早く見たくて勤務中もそわそわしっぱなしだった。

昼休みにこっそり見てしまいたい衝動に駆られたが、迂闊《うかつ》にチラ見でもしてしまったら、きっと海来《みらい》やクライアントの前で顔面崩壊したり、腰くだけになったりする危険性が高かったので、なんとか思いとどまり、懸命に仕事に意識を集中させて退勤まで持ちこたえた。

長いセルフ焦《じ》らしプレイに耐え、いつもどおりを装ってクリニックの前で海来と別れた途端、全力で自宅まで小走りし、帰宅するなりバスルームに飛び込んだ。

恋人の出演作品を見る際は、一日労働した汗と皮脂《ひし》を落として身を清め、綺麗な下着と部屋着を纏《まと》い、歯も磨《みが》いてから正座して鑑賞することに決めている。

準備を終え、また小走りで洗面所から推し部屋へ向かい、「お待たせ、怜悧くん」と囁きながら中に入ると、壁一面に貼ったポスターや等身大パネル、タペストリー、棚という棚にひしめく大小様々なオリジナルグッズの中の恋人に一斉に笑みを向けられ、真白は一瞬軽く昇天《しょうてん》する。

ここは恋人本人にも秘密の推し部屋で、自主製作した怜悧グッズで埋《う》め尽くされている。まだ恋人になる前、溢れる想いの捌《は》け口にグッズ作りにも手を染めたら、すっかり病みつきになってやめられなくなってしまい、ミシンや3Dプリンター、家庭用陶芸窯《とうげいがま》、シルクスクリーン製作キット、缶バッチ製作キット、ミニ機織《はたお》り機など、あれこれ道具を取り揃え、休診日の前夜に夜なべをして新作づくりに精を出している。

こっそり公式画像やあーやちゃんの盗撮画像、自宅デートのときに撮らせてもらったプライベート写真を無許可で使用しているが、業者に外注したりせず根性で自作しているし、どこにも公開せず、ひとりで飾って眺めて喜んでいるだけなので、肖像権《しょうぞうけん》や著作権関連の問題はないはずである。

せっかく作っても、彼の顔をプリントしたペンや付箋《ふせん》やメモパッドを職場で使ったりはできないし、Tシャツやレターセットやオリジナル缶バッチをびっしりつけた痛《いた》バッグなどももったいなくて実用はできないが、愛を込めて作る過程が楽しいし、それを並べた推し部屋にいると極楽浄土に来た気分になれる。

自分にとってはここが自宅で一番心弾《はず》む場所だが、もしこの部屋を本人に見られたら、さすがに病的なキモオタだとドン引きされてしまうに違いないので、絶対に知られないように自宅デートの際は必ずドアに施錠《せじょう》して封印している。

幸か不幸か当分デートの予定はないし、今日もゾンビものの撮影でスタジオに缶詰めだと聞いているので、安心して推し部屋のホームシアターのスクリーンを下ろす。

恋人の映像を恋人のグッズに囲まれながら大画面で見るという醍醐味《だいごみ》のために購入した大型スクリーンの前に正座して、期待に胸を膨《ふく》らませながらリモコンを手に取る。

もう片方の手には自分でデザイン画を描き起して作った三頭身の怜悧くん人形を抱きながらCMを鑑賞し、三十秒後に真白は目を瞠《みは》って声を震わせた。

「……こ、こんな、いいの……？　サイダーのCMなのに、マズくない……!?」

いつも恋人の出演作の鑑賞中は独りごとが止まらなくなるが、いまも「マ、マズいよね、最高だけど……！」と取り乱しながらひとりで返事もしてしまう。

湘南《しょうなん》の海で一日がかりでCF撮りをしたということまでは聞いていたが、詳細は聞いていなかったので、無心に見た初見《しょけん》の感想は「エロい」の一語しか思い浮かばない。

肩で息をしながら何度も繰り返し再生し、奇声を上げて転がりたい衝動と戦っていたとき、あーやちゃんから電話がかかってきた。

『ミライちゃん、いましゃべってる時間ある？　怜悧くんの神ＣＭ、もう見た⁉　もうミライちゃんと語りあいたくて我慢できなくてさ〜！』

「見た見た、いまも見てる！　もう国宝級のかっこよさで言葉がないよね、あーやちゃんっ！」

飛び跳ねるような声の推し友に真白も正座したまま身を弾ませて叫ぶ。

怜悧の新ＣＭは、夏の強い日差しの下、白いシャツを風にはためかせながら海辺の家の壁にペンキを塗り、汗が光るこめかみに冷えたペットボトルを当て、ごくごくサイダーを飲むという若さ弾《はじ》けるスタンダード路線で終わるのかと思いきや、秒で夜になり、壁を塗り終えた彼が海に駆けだして服のまま飛び込み、ずぶ濡れで夜の海から上がってきて、濡れたシャツを張り付かせて髪をかきあげ、エロス漂う表情でサイダーを飲む一粒で二度美味《おい》しい構成だった。

あーやちゃんは興奮に目が爛々《らんらん》としているのが伝わる口調で、

『てっきりまたタコから変身する系のコミカルなＣＭかもって思ってたから、あんなセクシーダイナマイトがくるとは参ったよね！　もう徹頭徹尾《てっとうてつび》怜悧くんのプロモーションビデオ状態だし、実はＣＭディレクターも怜悧くん推しの同志では？って思っちゃったよ！』

とまくしたて、真白もがくがく頷く。

「ほんとに、俺も監督さんに感謝の土下座したくなった！　爽《さわ》やかな怜悧くんとアダルトな怜悧くんを同時に魅せてくれてありがとうございますって御礼言いたい！」

『まさに！　ミライちゃんはどっちがツボった？　どっちも作画がよくて迷うけど、私は断然濡れたシャツ越しの仕上がった肉体美とエロい喉仏《のどぼとけ》に釘付《くぎづ》けだったよ！　もうあの日怜悧くんが泳いだ海の中にいた生き物、クラゲもチンアナゴも一匹残らず怜悧くんのフェロモンで交尾せずに産卵したよね、きっと！』

「……いや、それはわからないけど、とにかく全人類に見てほしいＣＭだよね！」

『うん！　あとミライちゃん、ひとつ気になったんだけど、海から上がってきたら、急にシャツが全開で、ジーンズも脱げかけでファスナーもちょっと下りてて、その隙間にうっすら黒い影が見えるけど、あれって臍毛《へそげ》かボクサーパンツのウェストか、どっちだと思う？』

「え……もうあーやちゃん、またそんなマニアックなとこに注目して……たぶんパンツのゴムの部分だと思うよ。だって怜悧くん、臍毛は濃くな……さそうな気がするし。ほら、腕とかすねとかも毛深くないし」

　本人の下腹部を見たことがあるのであやうく「臍毛じゃない」と断言しそうになり、慌てて推論調に言いかえる。

　怜悧と恋仲になったことは、あーやちゃんには伏せていた。

　あーやちゃんには真の友情を感じているし、推し被りでも彼女はガチ恋勢《こいぜい》ではないので、打ち明けてもこだわりなく受け止めてくれるかもしれないという気はするし、隠すほうが友情に背《そむ》く行為だろうかとすこし悩んだ。

あーやちゃんは「ミライ」という女性を匂わせて推していた真白をすんなり受け入れてくれ、いまも男として熱く同性タレントを推していることに奇異の目も向けずに自然に接してくれている。ただ、それは真白が怜悧推しになったきっかけが危ないところを救ってもらった恩義によるもので、純粋に偶像として崇《あが》めていると思っているからではないかと思われ、もし楽しく推し活している仲間が一線を越えてリアルに恋仲になったと知れば、取り残されたような、裏切られたような複雑な気持ちになってしまうかもしれない。

それにただの推しなら男同士でも許容できても、本気の恋愛には抵抗感や拒絶感を覚えるかもしれず、このことでせっかく築いたあーやちゃんとの友情に罅《ひび》が入ったりするのが怖かった。

あーやちゃんの人柄を信じているし、まさかマスコミに暴露したりするような真似をするはずはないと思うが、これからもっと羽ばたいていく若手注目株の恋人として、相手が誰であっても迂闊《うかつ》なことはすべきではないと自重《じちょう》して、親友の海来にも話していない。

それに実際恋人になれたといっても、傍《はた》から見たら独り身のときと生活は変わらないので、あーやちゃんともいままでどおり、古株のキモオタ同士というスタンスで交流を続けている。

あーやちゃんと白熱のCM談義を繰り広げていたら、気づけば二時間が過ぎていた。

「あー、もうこんな時間か。まだしゃべり足りないけど、明日早番だから、もう切るね」

「うん、すごく楽しかった。明日もバイト頑張って。おやすみ」

あーやちゃんと知りあうまで、誰かとしゃべり疲れるまで話をしたりする経験などなかったが、軽い喉《のど》の痛みと心地よい疲労感を覚えながら通話を終える。

もう深夜も回っていたが、真白は怜悧に宛ててCMの感想を送った。

彼の出演作を見たあとは必ず率直な感想を本人に伝えることにしており、どれだけ中立的で客観的な意見を心掛けようとしても、どうしても超主観的なべた褒《ぼ》めになってしまう。

『怜悧くん、こんばんは。まだお仕事中だったらお疲れ様です。新CM拝見しました。本当にすごくすごくすごくかっこよくて、まだ興奮が醒《さ》めやりません。ペンキの刷毛《はけ》を持ったまま汗を拭《ぬぐ》って頬っぺたに白いペンキをつけて笑う怜悧くんも、笑顔を封印したセクシークールな怜悧くんも、どちらも世界遺産級に素敵で魂が震えました！　映像も音楽も映画のワンシーンみたいだったし、怜悧くんの魅力が画面から溢れていて、たとえファンじゃなくてもあのCMを見た人は「今年のイケメンオブザイヤー決定……！」と呟くと思います。いままで炭酸系は喉に刺激が強くてあまり飲まなかったんですが、三本買うと怜悧くんのキーホルダーがつくそうなので箱買いするつもりです。ソロCM出演、本当におめでとう。まだまだこの先もまた別のCMで素敵な怜悧くんと逢えると思うので、それも心から楽しみです。じゃあ、おやすみなさい。仕事明けにこのメッセージを読んでくれても、既読スルーでいいので早く寝てくださいね』

いつもこちらからメッセージを送ると、本当に手が離せない仕事中か睡眠中以外は、読んでくれればすぐ返事をくれるので、遅い時間に終わったら返事は後回しにして少しでも睡眠時間に充《あ》ててほしいと恋人として気遣う。

心を込めてメッセージを送ったあと、ふと「……また暑苦しくて堅苦しくてテンションおかしかったかも」とやや不安になる。

あーやちゃんとの推しトークで盛り上がった勢いのままメッセージを書いてしまったが、落ち着いて読み返すと、全体的にキモオタ臭とオカン臭と年配臭が前面に出てしまった気がする。

二十歳の恋人に合わせて精神的に若づくりすべきかと一応努力しており、以前「古風なお嬢様のような話し方」と言われたこともあるので、なるべく今時の語彙《ごい》を使って年代差を埋めたいと思っている。

ただ、最近の若者言葉は難しく、自分が知った時点ですでに何周も周回遅れで死語に近かったりすることもあるので、怜悧の仕事を褒め称《たた》えたいとき、「激エモ」とか「やばみとしんどみが過ぎる」とか「すこすこのすこ」とか「きゅんです」など、聞きかじった言葉を使ってみたいが、使用法に自信がなくて使いこなせない。

全然当てはまらない場面で「ぴえん」などと言ってしまうとさらに痛々しいので、とりあえず大きく外すことはなさそうな「国宝級」と「世界遺産級」を多用して凌《しの》いでいるが、メールの文末をですます体《たい》にする長年の癖も抜けず、本当に年代差を埋められているのか不安が残る。

合っているかわからないが、『怜悧くんの神CM、鬼カワで爆イケ、マジ卍《マンジ》』とか書くべきだっただろうか、と悩みながら、自分も明日も仕事なので、軽くなにかお腹に入れてから寝よう、と立ちあがりかけたとき、また着信があった。

「あっ、怜悧くん……！」

画面に映った愛《いと》しい名前に飛びつくように通話に出ようとした瞬間、二時間正座し続けて痺《しび》れた足首がよじれる。踏み出した爪先《つまさき》がフローリングではなく、ぐんにゃりした分厚《ぶあつ》いスライムを踏んだかのようにつんのめり、バタンと前に突っ伏してしまう。

それでも離さなかったスマホに「もしもし、怜悧くん⁉」と勢い込んで言うと、

『……あれ、いまなんかドタッて音がしましたけど、どうかしました？　真白さん』

と恋人の怪訝《けげん》そうな声が聞こえた。

顎《あご》を床に強打してじんじんしていたが、相手の声を聞いた瞬間痛みもすっ飛び、

「ううん、ちょっと転んじゃっただけで、全然大丈夫だよ」

と足腰の弱った年配者と思われないように焦《あせ》って無事をアピールすると、

『ほんとに大丈夫ですか？　結構大きな音したけど、怪我とかしてませんか？』

と重ねて案じられ、（ああもう素で優しい、大好き、仕事じゃなくても神対応）と腹這いのまま悶える。

「ほんとに平気だから、気にしないで。……えっと、怜悧くん、もう今日の仕事は終わったの？」

先週からゾンビものの撮影と並行して、もうすぐ稽古が始まるミュージカルの前準備で歌と

ダンスの個人レッスンと役柄に必要なパイプオルガンの演奏指導も受けていると聞いているが、疲れを感じさせないほがらかな口調で、

『はい、いま杏咲さんに送ってもらって家についたところで、ちょうど真白さんからメッセージが来たから、まだ起きてるなら直接声聞きたいなと思って』

と続けられ、鼓膜と心臓を直撃される。

推しにイケボでそんなことを言われたら、嬉しくて「ぴえん超えてぱおん」が適切なチョイスな気がする、と思いながら、

「ありがとう、疲れてるのに電話くれて。いっぱい話したいけど、早く寝てほしいから手短かにするね。えっと、ほんとにCMすごくかっこよかったよ」

と心を込めて告げる。

『ほんとですか。ありがとうございます。ちょっと後半はかっこつけすぎで、ナルシストっぽくて恥ずかしいんですけど』

根はすこしシャイな恋人に照れくさそうに言われ、「そんなことないっ！」と真白は即答で声を張り上げる。

「『かっこつけすぎ』なんて、怜悧くんはなんにもしなくても生まれながらにしてかっこいいし、意識的にかっこよくするとさらにとんでもないっていうだけだから、全然恥ずかしがることないからね！　……それに、俺のほうが恥ずかしいことを白状すると、濡れたシャツを張り

付かせてサイダーを飲みながら流し目する怜悧くんを見て、このダダ漏れのエロフェロモンでエナジードリンクを作って元気ない時に飲みたいと思ったし、それくらい最高にエロかっこよかったから！」

思わず握りこぶしで力説《りきせつ》すると、電話の向こうでプッと噴く気配がして、

『エナジードリンクって……、でも真白さんにそんな風に言ってもらえたら大成功だな。監督さんに「渾身《こんしん》のエロスを垂《た》れ流せ」って言われて、真白さんとHしたときのことを思い浮かべて、カメラの向こうにいる真白さんをエロい気分にさせようってことだけを考えながら演《や》ったので』

とまた昏倒《こんとう》せずにはいられないことを言われて昇天しかける。

「……そ、そうなんだ……、そんなことを……、あの、役作りに貢献できたか全然自信ないけど、CMの怜悧くんからは『渾身のエロス』、大量に噴き出してたよ……？」

モロに浴びた気分だったし、と赤面しながら伝えると、

『そうですか、よかった。……ねえ真白さん、どんな顔して『エロス』とか『フェロモン』とか言ってるのか見たいから、ビデオ通話にしてくれませんか？』

と甘くねだられる。

内心の喜怒哀楽と表情筋の連携が悪い質《たち》なので、きっと全体的に紅潮した真顔だから見てもつまらないのでは、と思いつつ、自分も相手の声だけでなく顔が見たくてたまらなくなり、言

われるまま画面にタッチしかけてハッとする。

いまビデオ通話にしたら背後に秘密のキモオタ部屋が丸見えになってしまう、と焦って匍匐《ほふく》前進して廊下まで這い出る。

熱烈なファンだということはとっくに知られていても、3Dプリンターで彼のフィギュアを作ったり、羊毛フェルトでアニメキャラ風にデフォルメしたマスコットを作ったりしているとバレたらゾッとされてしまうに決まっている。

白い壁と天井しか映らない廊下に移動してドアを閉めてからビデオ通話にすると、画面に現れた恋人が『……あれ？』と呟いた。

『真白さん、まだ寝っ転がってます？　……もしかして立てないんですか？　まさか、転んでグネッたときに骨が折れちゃったとか……!?』

慌てたように問われ、真白は急いで首を振る。

「ううん、全然そんな重傷じゃないんだけど、足が痺れて起きられないだけ。いつも怜悧くんの出演作は正座して見ることにしてるんだけど、途中からあーやちゃんと電話でしゃべってて、二時間正座してたら痺れちゃって」

どんくさい凡ミスを照れながら打ち明けると、怜悧がクスッと笑う。

『貴重なファン第一号と二号のふたりに感謝しかないですけど、よく十五秒や三十秒のＣＭについて二時間も話せますね。それにそんな痺れる前に足崩してくださいよ』

笑いながらの窘《たしな》め口調にもきゅんとときめいていると、

『真白さん、すごく嬉しいけど、俺の出たものをそんなご大層《たいそう》なものみたいに思ってくれなくていいので、気軽に寝っ転がって見てください。ひとつ残らずチェックしてくれるだけでめちゃくちゃありがたいし。……もしかして、カニクリームサマーさんの『ざわざわコンドミニアム』でバンジージャンプとか落とし穴に落とされたり、激辛シュークリームを食わされて、どんだけ顔が崩れるかスロー再生で検証されてるやつとかも正座して見てくれてるんですか？』

まさかそれはないだろうけど、という口調で確かめられ、真白は真顔で頷く。

「もちろんだよ。シリアスな作品で迫真の演技をする怜悧くんだけが尊《とうと》いわけじゃなく、どの仕事も全力で体当たりしてる怜悧くんのすべてに感動するし、寝っ転がって見るなんてとんでもない冒瀆《ぼうとく》だよ。……いまは不可抗力で寝っ転がってるけど、作品を見るときは絶対全身を洗い清めて下着まで一式着替えて正座して見ないと怜悧くんの頑張りに対して失礼だと思うんだ」

それがファンであり恋人のたしなみだし、ときっぱり言うと、怜悧はしばし黙って画面越しに真白を見つめ、『あ～～～！』と天を仰《あお》いだ。

『くそう、いまほど真剣に「どこでもドア」か「通りぬけフープ」か「時間貯金箱」か「暗記パン」があったらいいのにと思ったことないです、俺……！』

突然ドラえもんの秘密道具を列挙され、文脈が読めずに「え？」と小首を傾《かし》げると、

『だって、真白さんがすごく嬉しいこと言ってくれて、俺のどんな仕事も認めてくれて、お風

呂も入って準備万端《ばんたん》整ってて、俺のCM見て興奮したって言ってくれたのに、夜這《よば》いに行ってる時間がないんです！　明日も五時起きだし、明日の分の台本に変更があって、台詞《セリフ》を覚え直さないといけなくて……！』

と心底悔しそうにぼやかれ、真白は無言でまばたきしてからぽっと頬を染める。

「夜這い」なんて二十歳の男子にしてはレトロな語彙では、と思うが、架空の秘密道具の力を借りてでも会いたいと思ってくれているのかと、嬉しくて可愛くて胸がよじれる。

思えば最後に自宅デートしたのはかれこれ二ヵ月も前になる。

休診日とオフが重なった日に食材持参で訪ねてきてくれた怜悧は、着くなり髪をゴムで結《ゆ》って得意の焼きそばを作ってくれ、畏れ多くて急いで手伝わなければと思いながらも、あらゆるアングルから連写するのに忙しく、ただのカメラ小僧と化してしまった。

慣れた手つきでフライパンを操《あやつ》りつつ、ちょいちょい決め顔を向けてくれ、ありがたいファンサに悶えながらカメラにおさめ、どんな名店の高級料理より価値のある推しの手料理をむせび泣かないように努《つと》めつつ味わい、食後手土産のパピコを分け合って食べながら並んでテレビを見ていたら、宇宙人一家のCMが流れ、目の前でタコのオクトくんを実演してくれた。

そんな軽率に餌《えさ》を与えないで、死ぬかもしれないから……！　と息も絶え絶えになりながら生オクトくんの降臨《こうりん》に感激していると、CMの設定資料ではオクトくんは水虫薬の変身効果が五分で切れてすぐタコの姿に戻るのだと教えてくれ、その日はタコプレイと称してやたら吸いつかれたことを思い出し、真白はボワッと耳まで赤くする。

……いや、自分のことはさておき、きっといまの彼はいわゆる疲れマラの状態で、若い性欲を持てあましている恋人を発散させてあげるのは年上の恋人の務めだし、早急になんとかしてあげるべきではないか、と真白は理論武装を始める。

いまからタクシーを飛ばして彼の元に行き、事が済んだらすぐ帰れば、台詞を覚える時間をすこししか邪魔しないで済むかもしれない。

さっき彼のエロチックな演出の新CMを見たときからずっと気が昂《たかぶ》っており、相手も会いたがってくれているんだから、もう自分から夜這いしてしまおう、と「いまから行ってもいいかな」と切り出そうとしたとき、ハッと明日はオペ日だった、と大人の事情を思い出す。

人様の大切な顔や体を扱う際は、手技《しゅぎ》に全神経を注《そそ》げるように万全の体調で臨《のぞ》むべきなのに、このまま誘惑に負けて夜這いに行けば、久々に抱きあえた喜びと興奮できっと帰ってからも一睡もできず、そんな心も体も整わない状態で万が一ミスでもしたら取り返しがつかない。

それに無名の頃ならまだしも、いま彼の部屋に夜中に男が忍んでくるところを誰かに目撃されたら、週刊文鳥《ぶんちょう》にたれこまれてあることないこと文鳥砲《ぶんちょうほう》を浴びてしまうかもしれない。

諸事情を鑑《かんが》み、彼も今夜は会えないと諦めている口ぶりだったし、自分もいい大人なんだから、大人しく次の機会を待とう、と内心しょんぼりしながら己に言い聞かせる。

早めに通話を切ると言っておきながら、やはりなかなか切れずに長くなってしまったので、

「じゃあ怜悧くん、ほんとに暗記パンがどこかに売ってたら、どっさり買ってプレゼントしたいけど、頑張って自力で覚えてね。怜悧くんは覚えがいいから、きっとすぐ頭に入るよ」

と励まして通話を終えようとしたとき、怜悧が『あの、真白さん』と呼びかけてきた。

『……すみません、もうちょっとだけ、いいですか……？　あの、こんなこと頼んだら、呆れられて嫌われるかもしれないから、言いにくいんですけど……、ちょっと真白さんに、お願いしたいことがあって……』

うっすら目元を赤くして遠慮がちに語尾を濁《にご》す様子にきゅんとして、若者言葉ではこういうとき「トゥンク」というのでは、と思いながら、

「……なに？　俺が怜悧くんを嫌うなんて絶対ありえないから、なんでも言っていいよ……？」

と本心から告げつつ、なんとなくなにかよからぬことを言いだされそうな予感にドキドキと鼓動が逸《はや》る。

怜悧はしばし伏し目がちに視線を泳がせ、下唇を舌で湿らせてから言った。

『……あの、ほんとにこんなこと、真白さんと会いたいときにいつでも会えるなら言わないし、マニアな趣味のある変態と思わないでほしいんですけど、その、もし嫌じゃなければ、俺と、「通話H」、してくれませんか……？』

回りくどい前置きのあとにねだられた言葉がすぐにピンとこず、真白は無表情に目を瞬《しばた》く。

ひとまわり年上のくせにカマトトぶっていると思われたくないが、経験値がゼロからの出発

なので、

「……あの、怜悧くん、ごめん、ちょっと聞いてもいいかな。『通話H』って具体的になにすればいいの……？　その、昔『テレフォンセックス』って言葉なら聞いたことがあるんだけど、それもやったことないからぼんやりしたイメージしかないし、『通話H』はまたそれとも違うとしたら、ちょっとよくわからなくて……」

と世代間ギャップとカマトト臭を恥じながら訊ねると、彼はちょっと困ったような顔で、

『……ええとですね、基本は一緒だと思うんですけど、テレフォンは声だけで、通話のほうは映像もつくって感じで、画面越しに同時に一人Hしながら、お互いに興奮するようなことを言い合ったり、エロい仕草や行為を見せ合ったりして、自分の手で弄《いじ》ってるんだけど、相手にされてるようなつもりになってイくっていう感じでしょうか』

と解説してくれ、

「な、なるほど……。かなり想像力と演技力を要する高度なプレイみたいだね……」

と真白は真顔で相槌《あいづち》を打つ。

自分で致しているところをスマホ越しに見せるなんてとんでもない羞恥《しゅうち》プレイだが、最も重要なのはそこではなく、相手も披露《ひろう》してくれるという点で、推しの貴重な一人Hを拝めるなんて、こんな垂涎《すいぜん》ものの機会を逃すわけにはいかない。

頭の中は『見たい』という一語で占《し》められ、瞬時にものすごい食いつきでやる気になったが、

気合いが入りすぎて目が死んでいるように見えたらしく、
『……すみません、やっぱりそんな凍りついたような目になっちゃいますよね……。絶対嫌って言われるだろうなって思ってたんですけど、ついダメ元で言っちゃおうかなって調子に乗りました』

と反省顔で謝られてしまい、真白は慌てて首を振る。

「待って怜悧くん、全然嫌じゃないから、しようよ、『通話H』。うまくできるかわからないけど、怜悧くんをすっきりさせるのは恋人の俺の務めだし、絶対頑張ってエロいこと言ったりやったりしてみせるから……！」

本当は『務め』ではなく『特権』や『僥倖《ぎょうこう》』だと思っているし、実際に夜這いに行けなくてもオンラインで疑似体験できるなんて目からウロコの名案で、もっと早く提案してほしかったくらいだと思う。

前のめりに意気込むと、怜悧は『嘘』と小声で呟いてから、照れ隠しのように軽く握った片手で口元を押さえながら言った。

『なんか俺、真白さんの前だと『可愛すぎる』と『大好き』の二語しか語彙力がなくなっちゃいます』

嬉しそうに愛しそうに囁かれ、それはそっくりこっちの台詞だよ、と身悶えながら、真白はよろよろと腹這いから身を起こした。

＊＊＊

　這うように隣の寝室に移動してベッドによじのぼると、

『……じゃあ真白さん、服を脱いでもらってもいいですか……？　俺も脱ぐので』

　と彼が自分のベッドの枕にスマホを立てかけ、Tシャツとデニムを脱いで全裸になるのが映る。

　忙しくても筋トレを怠《おこた》らない眼福の裸身に息を上げながら、真白もスマホをハンズフリーにしてシャツのボタンを外す。

　相手と違って短い通勤距離を歩くだけの貧相な身体を晒《さら》すのは気が引けて、はだけたシャツを羽織ったまま、すこし腰を浮かせて下着ごとボトムスを脱ぎ、両膝を立てて体育座りをする。

　他意はなく、やっと足の痺れが取れたので正座はやめようと思っただけなのに、

『見えそうで見えない微妙なアングルで焦らす気ですね』

　とニヤリとされてしまい、いやそんなことは狙ってないし、と慌てて否定しようとすると、彼が言った。、

『じゃあ、まだ足は閉じたままでいいから、口に人差し指と中指を差し入れて、舐《な》めてみてくれませんか……？』

自分の指じゃなくて、俺のこれを舐めてる気持ちで、と自身の屹立《きつりつ》を握る手元を映され、ボンッと爆発音がしそうに顔が熱くなる。

推しが惜しみなくエロすぎる……！　と興奮に雄叫《おたけ》びをあげそうになりながら神々《こうごう》しい一物《いちもつ》に釘付《くぎづ》けになっていると、

『真白さん、見すぎ。ほんとのHのときも、真白さん、結構俺のガン見しますよね』

とからかい声で指摘されてしまい、カァッとさらに赤くなる。

……だって、本当にそんなところまで圧巻《あっかん》の造形美で、思わず「ファビュラス、マーベラス！」と絶賛したくなる美品だから、と心の中で言い訳していると、

『俺にもエアご奉仕《ほうし》する真白さんの口元をガン見させてください』

とねだられ、真白はこくっと息を飲み、言われたとおりに自分の右手を唇まで近付け、二本の指に舌を絡める。

「……う……ん……っ」

自分の指を舐めまわしたり、付け根までしゃぶっても、実際の彼のものと質感や大きさがまるで違うので物足りない気がしたが、横目で画面に映る長い茎《くき》を緩《ゆる》く扱《しご》く手元を凝視《ぎょうし》しながら舌を動かしていると、次第にこれが本当に彼の性器だったら、と脳内補正され、熱を込めて咥《くわ》

えてしまう。

『……真白さん、エロい顔してる……。ちゃんと俺のを舐めてる気になってくれてるの……？』

軽く息を上げた囁き声で問われ、こくこく頷く。

彼が両手で自身を弄《もてあそ》ぶ刺激的な映像と、漏れ聞こえてくる吐息やくちゅくちゅと先走りが立てる水音に煽《あお》られ、自分の膝の間でも分身が熱を持ちはじめる。

彼にも自分を見て、指ではなく彼のものを咥えている姿を見ているような気分になってほしくて、大胆な舌遣いで舐めしゃぶる。

「……んっ、んんっ……怜悧くん……っ」

つぅっと唇から唾液《だえき》を滴《したた》らせ、舌を長く出して裏筋を舐めるようなそぶりで指の下側を舐め上げると、

『……うわ、エロい舐め方……。いいなぁ、そんな風に舐めてもらえて、真白さんの指が羨《うらや》ましい……。ねえ真白さん、恥ずかしいかもしれないけど、ちょっと「怜悧くんの、おっきい…」とか言ってみてくれませんか……？』

と新たなリクエストをされる。

たぶんリアルにフェラチオしているときは無自覚に口走っている気がするが、いま自分の指を舐めながら言うには嘘の演技をしなければならず、本物の役者の恋人にはたやすいことでも素人《しろうと》の自分にはハードルが高い。

でもこういうプレイなんだから、お約束としてなりきって精一杯エロいことを言わなくては、と意を決し、

「……えっと、怜悧くんの、……お、おちんちん……、すごくおっきくて、硬くて滑《なめ》らかで、容《かたち》も綺麗で、舐めるのも、見るのも、中に挿《い》れてもらうのも、大好き……」

と本心でもあり、より興奮してくれそうな言葉を懸命に唇に乗せる。

演技力がないかわりに、台詞を増量して喜ばせたい一心だったが、努力の方向が間違っていたらどうしよう、とちらりと反応を窺うと、画面の中の彼は軽く目を瞠り、

『……いま超滾《たぎ》って言葉だけでイッちゃうかと思った……』

夢のアドリブをありがとうございます、と礼まで言われ、はしたない淫語《いんご》を口にした羞恥プレイが報《むく》われてホッとする。

『真白さんにそこまで絶賛してもらえて光栄ですけど、俺は真白さんの可愛い乳首を見るのも舐めるのも大好きなので、次は乳首を弄るところを見せてくれませんか……？』

「う、うん……」

次のリクエストを叶えるため、自分の唾液で濡れた指をはだけたシャツの間に忍ばせ、すでに尖っていた乳首を摘《つ》まむ。

「……ンッ……」

そろそろと揉《も》んでいると、『もっとズームで見せて』とねだられ、片手でスマホを胸元に近

づける。

『真白さん、自分の指を俺の指だと思って、俺にされて気持ちよかったやり方で弄ってみて？』

そう指示されて、人さし指の腹で尖端をくるくる撫でたり、引っ張るように摘まみあげたり、下から弾いたり、彼の指先を思い出しながら乳首を弄んでいると、

『そういうのが気持ちいいんだ。じゃあ、次は両手で両方の乳首をそうやって触って？』

とリクエストされ、またスマホを置いて、よく見えるように両肩からシャツを落とし、軽く胸を反《そ》らして左右の尖《とが》りを捏《こ》ねまわす。

相手を興奮させれば、それだけ画面越しに扱く速さが増したり、息遣いが荒くなったりするのがわかるので、視覚と聴覚へのご褒美《ほうび》ほしさに真白は忠実に指示に従う。

「……んっ……ふ……、怜悧くんの指、きもちい……」

自分で弄っていると思うより、相手にされていると想像するほうが倍感じる気がして、半目を閉じて妄想に耽《ふけ》りながら乳首を弄っていると、

『……ねえ真白さん、俺と会えないときも、そんな風に自分でおっぱい弄ったりするの……？俺としたときのことを思い出しながら、お尻の孔《あな》にバイブとか玩具《おもちゃ》とか挿れて慰めたりすること、あるんですか……？』

と興奮にかすれた声で問われる。

これはプレイとしての言葉責めなのか、個人的に聞きたいのか戸惑いながら、

「……えっと、ひとりのときは、なんにもしてないよ……。バイブとか持ってないし、会えなくて淋しいときは推し活すれば充《み》たされるから。怜悧くんと…したときのことを時々脳内で反芻《はんすう》しちゃうことはあるけど、たぶんほかのものを使って代用しても、本物の怜悧くんと抱き合ったときほど感じないだろうから、生身の怜悧くん以外いらないかなって」

となんのひねりもなく正直に答えると、怜悧は『……くぅ、殺し文句いただきました……！』と首をのけぞらせて悶える。

『俺も絶対生身の真白さんの中以外、あとしょうがなく自分の手でする以外、よそで挿れたり射精《だ》したりしないって誓いますから、真白さんも俺以外、ほかの男はもちろん、無機物も挿れないで生身の俺しか知らないままでいてくださいね……！』

頼まれなくてもそのつもりでいることを熱を込めて念を押され、苦笑して頷く。

怜悧はひと呼吸の間をあけてから、

『……俺のもの以外は挿れないでって言った直後ですけど、例外的に、真白さんの指をお尻に挿れてもらって、中を弄るところを見せてほしいってお願いしたら、怒っちゃいますか……？』

と上目遣いに問われ、真白は返事に詰まる。

羞恥で即答はしかねたが、推しに期待に満ちた犬みたいなきゅるんとした目で待たれると、もう今日はこういうプレイの日なんだし、ぐずぐずしてたら台詞を覚える時間を減らしてしまうし、といろいろ理論武装して自分から退路を断つ。

リアルに抱き合うときもそこを自分で準備するところは見せたことはないし、若者言葉で「はずか死ぬ」という気分だが、どうせやるならこの際恥のかき捨てで、さらに恥ずかしいことをねだろう、と意を決して真白は言った。

「……えっと、やってもいいけど、交換条件に怜悧くんも俺のリクエストを聞いてくれる？　怜悧くんが俺の恥ずかしい姿を見て、自分で擦《こす》りながら達《い》きそうになったとき、『くっ、この身体は最高の名器だ……！』とか『これほどの天国を見せてくれるテクニシャンだとは……！』とか大嘘の感嘆台詞を言ってほしいんだけど……」

現実の自分はほぼ未開発のテクなしなので、こんな機会でもなければ一生聞けない凄技《すごわざ》の持ち主のような称賛をお芝居でもいいから言われたくて、恥を忍んでリクエストすると、怜悧は軽く目を見開いてからおかしそうに笑った。

『なんかクセの強い紳士みたいな言い回しですね。その台詞がいいなら言いますけど、俺前から真白さんは名器だと思ってるし、「テクニシャン」っていうのも、回数をこなして到達した達人っていう意味ならちょっと違うけど、俺のことを最高に気持ち良くしてくれるテクなら、真白さんは最初からテクニシャンだったし、毎回天国に誘《いざな》ってもらってるから、「大嘘」なんて卑下《ひげ》しないで自信持ってください』

「……」

全裸で股間を天に向けたあられもない姿でも、こちらが一番自信がなくて嘘でも言ってもらえたら喜んでしまうことをさらりと言ってくれる神対応に、じわりと涙ぐみそうになる。

まだ胸に残っていた躊躇《ちゅうちょ》や迷いはどこかへ消え失せ、最愛の恋人が見たいというなら、いくらでも見せるから……！　と感極まった勢いで潤滑《じゅんかつ》ローションのボトルを掴み、こぼれそうなほど掌《てのひら》に受けて両手に塗り広げてから、スマホに向かって尻を向け、腰を高く上げる。

「……怜悧くん、これで、見える……？」

シーツに片頬を当て、右手を後ろ手に回してそろりと尻たぶを開きながら問う。

『バッチリです……、真白さんの可愛いお尻も、綺麗な孔も、全部……』

興奮に上ずった声に全身を熱く火照《ほて》らせ、彼の指で撫でられているつもりになろうと妄想力を高めながら蕾《つぼみ》に触れる。

「……あっ……ふ……」

ぴくんと身を震わせながら濡れた指で縁の襞《ひだ》を辿《たど》っていると、

『……ね、真白さん、俺が舌でチュッチュッって音を立てるから、目を瞑《つむ》って、指でトントンってしながら、俺にそこを舐められてる想像してみて……？』

とさらに妄想力を要する指示をされる。

言われたとおり目を閉じ、背後から聞こえてくるリップ音に耳を欹《そばだ》て、ピチャッピチャッと同じリズムでそこをノックしていると、脳裏に彼の唇の感触が蘇《よみがえ》ってくる。

「ンンッ……怜悧くんっ……」

リアルな行為中にそこを舐められるのはものすごく恥ずかしくて、申し訳なくて、そんなことしないで、と思うのに、それ以上に昂って拒《こば》めなくなる刺激的な愛技《あいぎ》で、彼の舌が中にもぐりこんでくる感触を思い浮かべながら指先をつぷんとしのばせる。

『……真白さん、もうちょっと奥まで入れてみて……？　真白さんの中は、あったかくて、やわらかくて、うねうねして、すごく締まって、最高に気持ちいい名器だから、俺の代わりに自分の指で確かめて……？』

さっき図々しく自《みずか》らねだった称賛台詞を語彙増量でアレンジされ、恐縮と照れと喜びに悶えながら根元まで指を飲みこませる。

『……いま真白さんの指が感じてる気持ちよさ、俺も知ってますよ……。そのままゆっくり抜き差しできますか……？　いいところに当たるように中で指を動かして、ほぐれてきたら指を増やして、後ろを弄りながら左手で前も擦って、全部俺にされてる気持ちになって、乱れる真白さんを、見せてください……』

どんどんプレイのハードルを上げられて困りながらも、背後から届く声が欲情で色っぽく掠《かす》れているのに煽られて、ゆるゆると出し入れをはじめる。

指先が感じる場所を掠めると、脚の間で揺れる性器の先から雫《しずく》が滴り、思わず握って扱いてしまう。

「……あっ、あっ、んっ、んんっ……怜悧く……怜悧くん……っ」

上半身をシーツに押しつけ、高く掲げた尻を揺らしながら背中越しに右手で後孔を抉《えぐ》り、下からくぐらせた左手で性器を嬲《なぶ》る。

正気ではとてもできない痴態《ちたい》を晒しながら背後を覗き見ると、

『は……ぁ……、エロい真白さんは最高のオカズだけど、やっぱり自分の手より、真白さんの中に包まれたい……っ』

と恋人が激しく自身を擦り立てて呻《うめ》く。

「……俺だって、怜悧くんを俺の中で気持ちよくしてあげたいよ……っ！」

正直な願いを口走り、自分にとっても最高の視覚刺激に食い入るように見入りながら両手を蠢《うごめ》かせる。

「あっ、あ、もう怜悧く…っ、出そう、いきそう、あっ、はっ、んんっ……！」

『ん、俺もっ……、真白さん、最後は俺でイッた気になってね。俺も真白さんの中に射精《だ》す気でイくから……っ！』

荒い吐息の提案にこくこく頷き、画面越しに互いに名を呼びあいながら極める。

「……は……、すごかった……、『通話H』……」

初体験のプレイに数瞬放心してから、真白はぱたんとシーツに横臥《おうが》して呟く。

はぁはぁと整わない息のまま、枕元のティッシュで手を拭《ふ》いてからスマホを引き寄せる。

「……あの、怜悧くん、どうだった……？　ちゃんとできてたかな、俺……」

自分は予想以上に興奮してしまったが、なんとなくもっと卑猥《ひわい》な言葉を言ったり、臨場感のある演技をしたほうがよかったような気がしておずおず確かめると、怜悧は笑顔で頷いた。

『もちろんです。すっごく堪能《たんのう》させてもらいました。ありがとうございます、つきあってくれて。まさかOKもらえるとは思ってなかったから、調子に乗ってあれやってこれやってって、恥ずかしいことといっぱいさせちゃって、すみません。……気を悪くしたりしてませんか……?』

また事後は可愛げしかない好青年顔で確かめられ、真白は瞬殺で陥落《かんらく》する。

「大丈夫だよ。恥ずかしかったけど、怜悧くんが気持ちよく抜けたなら、頑張った甲斐《かい》あるし。……よかったら、またやろうね、通話H」

思わず自分から次の約束を取りつけると、怜悧は軽く眉を上げてから値千金《あたいせんきん》の笑顔を見せた。

『やっぱり「どこでもドア」が欲しいです。いますぐ真白さんを抱きしめてキスしたくてたまらないから』

その言葉と笑顔に、真白はタケコプターがなくてもはるか上空まで飛んでいけそうな気持ちになった。

＊＊＊＊＊

「あ、神永怜悧《かみながれいり》だ。この子最近あちこちでよく見るよね」

ある日の昼休み、海来《みらい》が待合室から布教用の雑誌を取ってきてめくりながら言った。

ひそかにドキッと鼓動を揺らしながら、「……そうだね」と真白《ましろ》はなにげなさを装《よそお》って答える。

先週発売の女性ファッション誌の一コーナー『いま一番会いたい男子図鑑』の第百十二回に怜悧が載り、カラーグラビア四ページ、見開き二ページに五十問のQ&Aが載っており、もちろん真白はすでに記事をファイリング済みのうえ、彼の答えも暗記するほど読み込んでいる。

「この子ほんとイケメンだよね。いいな〜、肌とかピチピチだし、まだ二十歳《はたち》だってさ。そういや、この子『シュガバレ』の新曲のMVにも出てたな。知ってる？ 真白はあんまりガールズグループとか詳しくないから見てないと思うけど、うちの奨《しょう》ちゃん、『シュガバレ』箱推《はこお》ししてんだよね。俺にもたまにシュガバレちっくな衣装着せてコスプレHしたがるしさ、新曲のMVも可愛いから一緒に見ようって、俺別に興味ないのに見せられちゃって」

「ふうん、そうなんだ」

ノロケはいつものことなので無表情に頷きながら、もうそのMVは百回以上見た、と心の中で言い添える。

五人組アイドルグループ『シュガーバレット』のことは、先日まで存在自体を知らなかったが、同じ事務所所属の縁で怜悧がMVに出演すると知り、映像解禁を待つ間、シュガバレのアルバムをすべて聞き、過去のMVも全作網羅《もうら》したので、いまではメンバーの「ぱるたそ」「まやぱや」「えみりぬ」「れいなす」「ねねぴる」の全員の顔も識別でき、プロフィールも言える。

シュガバレの新曲『虹色ハートエイク』は、街でいつも見かける素敵な人に心惹《ひ》かれるが、勇気が出せずに告げられないまま時が過ぎ、彼とはいつのまにか会えなくなってしまうというポップチューンの片想いソングで、MVでは五人のメンバーがそれぞれ別の場所で衣装や髪型を変えた怜悧に出会い、五人とも胸をときめかせ、みんなで公園に呼び出して告白しようとするけれど、怜悧は実は黒豹《くろひょう》に変身する半獣《はんじゅう》で、追いかける五人を残して黒豹になって消えてしまう、というストーリーになっていた。

本人は「俺、タコとか豹とか人外《じんがい》に変身する役がよく来るのはなんでですかね」と苦笑していたが、真白は（尊《とうと》すぎる！　黒豹になる怜悧くんなんて、どんだけ妄想の種をくれれば気が済むのか、MVプランナーさんに感謝の土下座をしたいくらいだし、いろんな怜悧くんが入れ替わり立ち替わり見られて失神必至のしんどいオブザイヤーなMVだし、五人の誰ともくっつきそうでくっつかないオチも、両方のファン心理がわかってる！）と心の中で快哉《かいさい》を叫ぶ。

五人のメンバーと絡む怜悧は、ＯＬ風の「ぱるたそ」には同じ通勤電車に乗るサラリーマン、女子大生風の「まやぱや」には学校近くの書店員、ややロリ顔の「えみりぬ」には同居の祖母が通うデイサービスから送迎にくる笑顔の介護士、はつらつ美ボディの「れいなす」には彼女がインストラクターを務めるヨガ教室の黒一点《こくいってん》の生徒、髪色をよく変える「ねねぴる」にはいきつけの美容院の美容師として、それぞれそれらしいコスプレで登場し、サビでは公園の噴水の前でダンスに定評のあるシュガバレメンバーと一緒にキレのあるダンスも披露《ひろう》してくれる。

MV公開直後、またあーやちゃんと電話で激論を交わして「なんで黒豹に変身する半獣がサラリーマンや介護士をしているのか。多重人格か、この世に五人いるそっくりさん設定なのか」と検討し、「まあなんだっていいか、かっこいいから！」という結論で話し合いは終わった。

スーツで髪をエリート風に撫でつけた怜悧くんが同じ電車に乗ってたら、きっと無自覚に尾行してしまう気がするし、本屋さんに行って緑のエプロンでメガネをかけた怜悧くんがレジにいたら、高い医学書を爆買いしちゃうし、将来デイサービスに通うことになったら、こんなイケメンの介護士さんに食事介助《かいじょ》とかされたいし、身体固いけど、怜悧くんがいるヨガ教室なら頑張って猿神《さるがみ》のポーズとかするし、美容師の怜悧くんに髪を切ってもらえたり、シャンプーやドライヤーをしてもらえるなら、毎日通っちゃうから、シャンプーとカットのしすぎですぐ坊主になってしまうかもしれない……、などとMVを繰り返し見ながら妄想に耽《ふけ》っている。

ただそんな話は海来には言えないので、箱買いしたサイダーを黙ってちびちび飲んでいると、

「へえ、神永怜悧の好みのタイプって年上の人なんだ」とQ&Aを読みながら海来が言った。

怜悧は取材でこの手の質問をされるたび、『年上の人って、響きからして憧《あこが》れちゃいます』とか『プロとして仕事を頑張っている人って素敵だなと思います』とか『尊敬できる大人の人が、意外にド天然だったりすると、ギャップにきゅんとしちゃうかもしれません』とか『まだ結婚願望はないですけど、結婚したら相手に仕事辞めて家にいてほしいとかは全然思わないです。あ、でももし仕事に疲れてちょっと休みたいとか思ってるなら、またやりたくなるまで俺が頑張って楽させてあげたいですけど。お互い自立して、自分の世界を持ってるんだけど、休みの日とかは超ラブラブっていうのに憧れますね。俺、料理番組のアシスタントもやらせていただいてるし、いま一人暮らしで家事も自分でやってるので、一緒に暮らしてからも率先《そっせん》してやる気あります。結構お買い得なパートナーになれるんじゃないかな。って自分で言ってみたりして（笑）』など、一般論に見せかけて、真白のことを想定した返答をしてくれる。

そんな記事を目にするたび、嬉しくて天まで舞い上がりそうになり、秘密の公開ラブレターをもらったようにときめいてしまう。

うっすら頬を赤らめて「へえ、年上が好きなんだ」と初めて聞くようなそぶりで相槌《あいづち》を打とうとしたとき、

「でもさ、このくらいの子がいう『年上好き』なんて、たいして当てにならないよね。せいぜい二十五あたりのこと言ってそうだし、結構自分が二十八くらいになったら、さっさと二十一くらいの小娘と結婚しちゃったりするもんね」

と断じられ、「え……」と真白は一瞬固まる。

いや、そんなことないんじゃないかな、そういう人もいるかもしれないけど、意外とほんとにひとまわりくらい上でも全然許容範囲っていうタイプかもしれないよ、と思わず反論しようかと思ったが、妙に勘のいい海来に、

「……ねえ、なんで真白がそんなに食い下がるの？　神永怜悧のこと、詳しいの？　それに

『ひとまわり上』って妙に具体的じゃない？　……ちょっと待って、よく考えると、最近真白が持ってくる雑誌、必ず神永怜悧の記事が載ってる気がするけど、これって偶然？」

などとぐいぐい来られても困るので、曖昧《あいまい》に返事を濁《にご》す。

そんなことがあった日の夜、日付が変わるすこし前に怜悧から電話がかかってきた。

『真白さん、こんばんは。すいません、夜遅くに。いま大丈夫ですか？』

「うん、大丈夫だよ、まだ起きてたし、明日休診日だから、夜更《よふ》かししても平気だよ。あ、でも怜悧くんが明日も仕事か」

真白は作りかけのフェルトのマスコット人形を背後に隠してビデオ通話にする。

さっき夕飯を食べながらテレビを見ていたら、ニュースで流れたつるし雛《びな》の映像に猛烈に創作意欲をかきたてられ、羊毛フェルトや編みぐるみなどいろいろな素材で作った小さな怜悧くん人形をたくさん紐《ひも》に繋げてつるし雛にしようと思い立ち、いまもせっせとマスコットを製作していたところだった。

もしかしてまた通話Hのお誘いかも……、しまった、今日は風呂上がりに実用はしないつもりで作った怜悧くんパンツをつい誘惑に負けて穿《は》いてしまったから、脱ぐときは見えないように気をつけなくちゃ、などと無表情に算段していると、怜悧が神妙な表情で言った。

『あの、真白さん、今日杏咲《あずさき》さんから、最近インタビューで恋愛観や結婚観について訊かれたとき、いかにも特定の恋人がいそうな匂わせ系の回答が多いから、もっと誰にでも当てはまるようなふんわりした回答にしろって言われちゃって』

「……あ……そっか、そうだよね……」

たしかに、自分は紙面で推しに告白してもらえる僥倖《ぎょうこう》に与《あずか》れて至福の極みだが、いま売り出し中の若手イケメン俳優に恋人の影がちらつくのはよろしくないに決まっている。

公式で匂わせてもらわなくても、日々本人から電話や文字で伝えてもらえるんだから、欲をかいて喜んでいないで遠慮すべきだった、と反省しながら、

「怜悧くん、俺のことは気にせず、あたりさわりない答えにしていいからね。怜悧くんが『年上の人がいい』って明言しちゃうと、年下で怜悧くんのことを好きな子たちが『えぇ～』って思っちゃうかもしれないいし。……もし今後怜悧くんの記事に『笑い上戸《じょうご》でころころ表情が変わる明るい人がタイプです』とか書いてあっても、真に受けてガーンとしたりしないで、これは営業用だってちゃんとわきまえて読むから」

と相手の負担にならないように、ひそかな特権だった紙面の公開ラブレターを諦める。

こんなときは内心の残念でしょんぼりした気持ちが顔に出ないタイプでよかった、と思いながら小さく口角《こうかく》を上げて微笑を見せると、

『すみません、俺が浮かれちゃって……、もっとセーブして答えとけばよかったんですけど』

と済まなそうに頭を下げてから、怜悧は続けた。

『それで、杏咲さんに、もしかしてほんとに誰かとつきあってるのかって訊かれて、前はいなかったはずだし、いま忙しくてそんな相手作る暇もないはずなのに、もし恋人ができたなら、マネージャーとして私生活も把握《はあく》しておかないといけないから隠さず吐けって追及されて、誤魔化《ごまか》しきれずに真白さんのことを話してしまいました。すみません、真白さんは誰にも言わないでいてくれてるのに』

想定外の言葉に驚いて、真白は息を止める。

「……え、は、話しちゃったの、杏咲さんに……!?」

こくりと頷かれ、真白は目を剝《む》いて内心パニックになる。

恋人になれてまもなく怜悧が世に認知され、公式ＳＮＳのフォロワー数や動画チャンネルの登録者数が爆発的に増え、新たに怜悧に熱を上げる新規ファンが増えることに純粋な喜びと、若干《じゃっかん》の嫉妬と、でも彼の本命は自分だというひそかな優越感とともに、こんな注目株に自分のような交際相手がいるとバレたら大変なことになってしまう、と恐れおののき、自分たちの関係を守り抜くためには絶対に隠し通さなければならないと思った。

どこから漏れるかわからないので家族や親しい人にも告げず、通話は自宅や周囲に誰もいない場所でかけ、デートも人目を避けて自宅デートのみにしようと約束し、実際いまのところ怜悧が真白の家をたまに訪れても、勘づかれて張り込まれたりはしていない。

恋人が芸能人で、さらに男同士ならなおさら大手を振ってつきあえないのは納得ずくだし、いつか彼が自分に飽《あ》きたり、心が離れたりする日が来るまでは、一日でも長く恋人でいたいだけで、日陰の交際でも気持ちさえ通じ合っていれば充分だった。

でも、この関係をマネージャーに知られたとなると、ただでは済まないのではないか、と真白は身を固くする。

杏咲マネージャーのことは、怜悧の話から漏れ聞くだけで面識はないが、すでに顔見知りのような親しみを一方的に感じてきた。

杏咲氏は入社四年目の二十六歳で、アシスタントマネージャーから正マネージャーになって最初に担当したタレントが怜悧だったので、初対面から熱意をもって関わってくれ、本気で売ろうとあちこちに売り込みの営業をかけ、オーディションをいくつも取ってきてくれたという。

ひとつ受かって十落ちるようななかなかスムーズにいかない時期も、

「大丈夫、最初はこんなもんだ。焦《あせ》らず、ひとつひとつ、ちょっとずつでも爪痕《つめあと》残していこう。おまえはきっと化けるって俺の勘が告げてるし、いまは雌伏《しふく》のときってだけだ。俺ももっと頑張っていい仕事たくさんもぎ取ってくるから、弱気にならず俺を信じてついてこい！」

と強気で励《はげ》ましてくれた兄貴肌の杏咲を怜悧は心から頼りにし、この人に見捨てられたら終わりだし、こんなに期待してくれる人に応《こた》えたい、と必死に食らいついてきたという。

その結果がいまのブレイクに繋がったので、怜悧の才能を見込んで引っ張ってくれた熱血マネージャーの杏咲に、真白も何度も心の中で感謝の土下座をしているし、オーディションに落ちてメンタルが弱っていた怜悧に『ＤＡＩＬＹ《デイリー》　ＲＥＩＲＩ《レイリ》（Ｅ）《（ー）》』のことを教えてくれたキューピッドでもあるので、いくら感謝してもし足りない恩人だと思っている。

が、こちらがどれだけ恩義を感じていようと、あちらは大事な担当タレントについた変な虫の存在を知れば、問答無用で排除しようとするのではないか、と真白は怯《おび》える。

怜悧から話を聞く限り、杏咲は仕事上よかれと思うアドバイスを事細かに指示するタイプのようだし、世間に関係がバレたらスキャンダルにしかならない十二歳年上の同性の恋人など、「怜悧、俺がいままでおまえのためにならないことを言ったことあるか？　ないよな？　その人とは早めに手を切っとけ」と命じるかもしれないし、デビューから二人三脚で挑《いど》んできたマネージャーに諭《さと》されたら、怜悧も従わざるをえないかもしれない。

瞬時に繰り広げた悪い想像に青ざめながら、真白は震える声で問うた。

「……れ、怜悧くん……、俺のことを話したら、杏咲さんは、なんて……？」

もしも、この電話が最後の電話になるとしたら、と想像しただけで声がかすかにひび割れる。

息を潜《ひそ》めて返事を待つ真白に、怜悧は楽観的な笑みを浮かべて言った。

『「えっ、あの『ミライ』さんなのか⁉」ってすごい驚いてましたけど、どういう経緯《けいい》で出会ったかとか、俺がどんなに真白さんを好きか全部話したら、最初は否定的だったんですけど最終的には「そうか」って言ってくれて、怪我の治療をしてくれた御礼を言いたいから、一度会ってご挨拶《あいさつ》させてほしいって言われました』

「えっ……！」

その言葉に真白はびくっと身じろぐ。

治療の礼や挨拶というのは建前で、厳しく品定めをされて、交際は却下と宣告されるのでは、と顔色を失くしていると、

『杏咲さんは割とスパスパ言うタイプなんですけど、後腐《あとくさ》れはないし、信用できる人です。スカウトされたときも倉敷《くらしき》の実家まで挨拶に来てくれたし、『てっちゃん』にも来て大将に挨拶してくれたし、俺のことを身内みたいに思ってくれてるので、どんな人とつきあってるのかも知っときたいらしいんですけど、真白さん本人を見ればちゃんとわかってくれるだろうし、俺も同席するので、もしなんか文句言う気なら、俺が立ち向かって真白さんを守りますから！』

迷いなく告げられ、うっかりときめきながらも不安に瞳を揺らしていると、

『今後の交際のためにも杏咲さんを味方にしておくほうがいいと思うので、ちょっとだけ時間作ってもらえませんか？　杏咲さんに、真白さんはいつも予約で埋《う》まってる忙しいクリニックの院長先生だから、呼び出したりして迷惑かけないでほしいって言ったら、オンラインでもい

いから近日中に会いたいって伝えてほしいって言われたので、申し訳ないんですけど、ご都合がつく日を教えていただけませんか？』

と低姿勢に頼まれる。

「……う、うん……わかった」

内心おろおろしながらも、今後も怜悧の恋人でいるためには避けて通れない関門だと己に言い聞かせて肚《はら》を括《くく》る。

もしかしたら自分がネガティブに考え過ぎで、本当に怜悧の言う通り、ふたりの関係に目を瞑《つむ》ってくれる気で挨拶をしたいだけかもしれないし、恐怖にひきつった顔で挙動不審な受け答えをしたら、恋人認可オーディションに落ちてしまう。

このオーディションだけは絶対に受からなければ、と己を奮《ふる》い立たせ、「明日の休診日ならいつでも大丈夫だって、杏咲さんに伝えてくれる？」と怜悧に頼む。

翌日の木曜日、終日ミュージカルのリハーサルだという怜悧の稽古場から、休憩時間にZOOMで三人で顔を合わせるはずだったが、真白の不安は的中し、恐れていた事態が待っていたのだった。

＊＊＊＊＊

『こんにちは、お待たせしてすみません、ジェムストーンの杏咲智《あずさきさとる》と申します。本日はお休みのところ、お時間を作っていただいて恐縮です』

「いえ、とんでもないです。初めまして、乙坂真白《おとさかましろ》と申します」

朝から緊張しながら待機していた真白の前にPC画面越しに現れた杏咲は、熱血系と聞いてイメージしていたラガーマンのような風貌《ふうぼう》とはまるで違う美貌の人だった。

無人の会議室らしき部屋を背景に、首に関係者証を下げた地味なスーツを着ているが、わざとドレスダウンしたモデルのような華やかな容貌《ようぼう》で、芸能事務所というのは所属タレント以外の社員もハイレベルの容姿じゃないと採用されないんだろうか、と内心驚いていると、

『すみません、怜悧《れいり》はまだリハ中でいつ休憩に入れるかわからないので、先にふたりだけでお話させてください』

と早口に切り出され、真白は（……やっぱり）と背筋をただしながら「は、はい」と頷く。

怜悧のフォローがないことが心細かったが、年下彼氏に甘えていてはいけない、と丹田《たんでん》に力を込める。

杏咲は自前で完璧な幅の二重《ふたえ》の瞳で真白を見つめながら言った。

『事情は怜悧のほうから伺ってます。怜悧の腕の傷を綺麗に治してくださって感謝していますが、そもそも怪我の原因はあなたなんですよね。タレントの身体になにしてくれとんのやって本来は賠償ものですが、まあそれは置いといて。怜悧からいろいろ聞き出しまして、そんな美形の美容外科医がその歳まで一度もブイブイ遊んだこともなく清らかだったなんて都市伝説だし、きっとほかにも大勢遊び相手がいて、おまえみたいな若僧は毛色の変わったツバメ扱いで転がされてるだけなんじゃないのかって言ったら、「そんなことありませんっ！　真白さんは本当に清純で貞淑《ていしゅく》で健気《けなげ》で一途《いちず》に俺のこと想ってくれてますっ！」って絶叫されました。たしかにこうしてお目にかかってみると、生ける都市伝説っぽい雰囲気の方ではありますね』

「……は、はぁ……、ありがとう、ございます……」

本当にスパスパものを言う人なんだ、と内心呆気《あっけ》に取られつつ、ここで礼を言ってもいいのだろうか、と戸惑いながらぎこちなく頭を下げる。

『怜悧宛てのファンレターは私が先に目を通すんですが、乙坂さんはブレイク前から手紙や青いバラのプレゼントなんかを何度も送ってくださいましたよね。あと「DAILY《デイリー》　REIRI《レイリ》(E)《ー》」のブログを見つけたときも、端役《はやく》なのにいいことしか書かれてなくて、ありがたいファンがついてるなって嬉しく思ってたんです。てっきり「真白」さんや「ミライ」さんというお名前から、別々の女性ファンかと勘違いしてたんですが』

「す、すみません……」

　思わず謝ると、

「いえ、男でも女でも、ルールを逸脱《いつだつ》しない範囲なら、いくらでも熱く推《お》していただきたいです」

　と杏咲は迫力ある笑みを見せ、スッと表情を改めた。

『うちは看板スターの真中旬《まなかしゅん》も三十歳まで恋愛禁止ですが、私はそこまで怜悧に求めてはいません。高校時代の同級生とか、独身の女優とかなら何も言わないつもりでしたが、あなたのようなリスクが高すぎる相手との交際は傍観《ぼうかん》できません。怜悧の話では、あなたのほうが交際に慎重で周囲に漏れないように配慮してくださっているとか。そういうきちんとしている方だからこそ、どうかわかっていただきたいんですが、あの子と距離を置いてもらえませんか？』

「……っ」

　もしかしたらこう言われるかもしれないと予測もしていたはずなのに、本当に言われたら、心と舌が石になったように動かなくなる。

　息を止めて硬直する真白に、杏咲は画面に身を乗り出すようにして言葉を継いだ。

『あの子にとっていまが一番大事な時期なんです。映画の主演も決まりましたし、これからさらに注目されていく中、この手のゴシップはなんとしても避けたいんです。交際相手が男性だとスキャンダルになる現状が問題だと思いますが、社会の土壌《どじょう》の変化を待っている時間がありません。いまあなたのことが発覚して面白おかしく取り沙汰《ざた》されたら、怜悧くらいの新人には命取りです。いまのところうまく立ちまわってくれて嗅《か》ぎつけられていませんが、もっと人気が出れば、鵜《う》の目鷹《たか》の目で狙ってくるマスコミにいずれすっぱ抜かれるでしょう。あなたと私は本気であの子の成功と飛躍を願う、いわば同志ですよね？　酷《こく》なお願いをしているのは重々承知なんですが、あの子の未来のために、ご理解いただけないでしょうか……？』

画面に後頭部しか見えなくなるほど頭を下げられ、真白は言葉を継げなくなる。

もし交際を反対されたら、怜悧を本気で想っているから離れたくないとちゃんと主張しようと思っていたはずなのに、杏咲も真剣に怜悧のキャリアを思って告げているのがわかるから、ここで我を張るのは身勝手なエゴで、本気で好きだからこそ彼のために身を引くべきなのかもしれない、と心が揺らぐ。

杏咲が案じるとおり、いままで無事に隠せたからといって、この先も同じように隠しおおせるとは限らないし、どこかでバレて叩かれる危険は充分ある。

自分のせいで怜悧の足を引っ張るようなことは死んでもしたくないし、自分の存在が彼を貶《おとし》める誹謗中傷《ひぼうちゅうしょう》の種になり、輝かしい俳優人生の足枷《あしかせ》になるくらいなら、恋人としての地位は諦めて、一ファンとして成功する姿を見守るほうがまだ後悔が少ないかもしれない。

そもそもこの恋が叶うなんて最初は思っていなかったし、ここ数ヵ月の望外《ぼうがい》の幸福は、推しと恋仲になるというキモオタがよく夢想する夢をリアルに見たと思えばいいのかもしれない。

気持ちは千々《ちぢ》に乱れていたが、きっとこれが彼のために選ぶべき正しい選択なんだ、と生爪を剝《は》がされるような思いで「……わかりました……」となんとかか細い声で告げる。

が、そう口にした一瞬後、本当にこれでいいのか、早まったのでは、とすぐに後悔の念が湧きあがる。

ふたりの未来のことなのに、こんな大事なことを自分ひとりで決めていいはずがないし、せめて別れるにしても彼と直《じか》に話をしてから返事をさせてほしいと言い直そうとしたとき、杏咲のスマホに着信音が鳴った。

液晶に目を落とし、

『すみません、乙坂さん、チーフから仕事の連絡が入ってしまったのでこれで失礼します。一方的にお話ししてしまってすみません。怜悧の件、ご理解くださって本当にありがとうございました』

と杏咲は早口で言いながら会釈《えしゃく》し、慌ただしく画面から消えてしまった。

「……ど、どうしよう……」

訂正する間もなく去られてしまい、真白は呆然と呟く。

この十分にも満たないやりとりの中で、やってはいけないまずい対応をいくつもしでかしてしまった、と顔面蒼白になりながら頭を抱える。

敏腕《びんわん》マネージャーらしい押しだしの強さと弁舌《べんぜつ》に飲まれて、思わず大人しく身を引く道を選ぼうとしてしまったが、完全に関係を断ち切らなくてもスキャンダルを避けながら交際を続ける手立てはあるはずだし、我儘《わがまま》でもエゴでも本気で好きだから別れたくない、どうか見逃してほしいと訴えるべきだった。

きっと杏咲は問題のある交際相手とは手っ取り早く別れてくれたほうが、今後マスコミ対策に苦慮《くりょ》しながら隠れ交際をフォローするより面倒が少ないと思って、あんな風に断りにくい言い方で望む言葉を引きだそうとしてきたような気がする。

説得に素直に応じて諦めるなら、それほど強い愛と執着ではないはず、と自分の想いの深さと重さを試したのかもしれない。

自分の彼への愛と執着はそんじょそこらのものではなく、生きることの全目的が彼を愛するためで、ごはんを食べるのも休むのも健康体で元気に推し活に励《はげ》むためだし、働く目的もいまは仁術《じんじゅつ》より推し活費用といざというときに本人に貢《みつ》ぐ怜悧くん貯金のためだし、もしほかに好きな人が出来たから別れようと告げられたら、その日のうちに心音が弱まって基礎疾患《しっかん》もないのに突然死するだろうというほど執着している。

この関係がマスコミにバレさえしなければいいのなら、絶対に人目に触れるようなことはせずに完全に隠れてつきあうし、どうしても通話Hだけじゃ物足りないときはクリニックで逢引きすれば、もしマスコミに気づかれても「芸能人なので時間外診療で、肌トラブルの治療をしていた」とかそれらしいことを言えばなんとか誤魔化《ごまか》せる気がするし、きっと抜け道はあるはずなのに、一方的に交際を諦めさせようとするなんて、杏咲のやり方には悪意を感じる。

あんなゴージャスな顔で彼のそばに四六時中いることも、俺だってまだ「くん」付けなのに我がもの顔で呼び捨てにしているのも腹立たしいし、何様のつもりなんだ、あのマネージャー、と心の中でなにからなにまでいちゃもんをつけながら、真白は怜悧にメッセージを送る。

『怜悧くん、いま杏咲さんとふたりで会いました。別れるように迫《せま》られて、つい「はい」と言ってしまったんですが、本心からではありません。撤回《てっかい》したかったんですが、杏咲さんに仕事の電話が入って伝えられませんでした。今後のことを相談したいので、仕事が終わったら、何時でもいいので電話をください』

そう送信し、あとで彼と話せば、きっと別れずに済む方法を一緒に考えてくれるはず、と肩で息をつき、直前に奈落《ならく》に突き落とされてズタボロだった気分がすこし浮上する。

気を落ち着けるためにマスコットを大量に作ってつるし雛を完成させたとき、怜悧から電話がかかってきた。

『真白さん、遅くなってすみません。今日は本当に申し訳ありませんでした。まさか杏咲さんが勝手に真白さんだけ呼び出して理不尽なことを言うなんて思ってもみなくて……真白さんは昨日から嫌な予感がしてたみたいなのに、俺、杏咲さんがそこまですると思ってなかったから、気軽に会ってほしいなんて言っちゃって、嫌な思いをさせてほんとにすみませんでした！』

開口一番に平謝りされ、声を聞いた途端、杏咲から受けたダメージが和《やわ》らぎ、思わずうるっと涙ぐみそうになる。

やっぱり全部杏咲の独断で、怜悧はそんな気持ちは毛頭《もうとう》ないのだと改めて心を強くする。

怜悧は憤懣《ふんまん》やる方ない表情で、

『こんなのひどすぎるし、いままで杏咲さんのアドバイスは全部神の声だと思って従ってきたけど、これだけは絶対聞かないってさっき初めて大喧嘩しちゃいました。杏咲さんが、真白さんはなんの反論もせず拍子抜けするほどあっさり承知したから、俺のことはその程度の気持ちで、簡単に手放せるような存在だったんだなんて言うから、「絶対違う！　真白さんは俺のためにそうすべきかもって思って、涙を飲んで「うん」って言わされちゃっただけです！」って言ったんですけど、「ひとまわり年上の手練手管《てれんてくだ》に惑わされてるだけだ」ってあしらわれて、そこで家に着いちゃったから超険悪なまま別れちゃいました』

とぶすくれた声の報告を聞き、「……そう」と震える声で返事をしながら、真白は瞳にめらりと青い炎を燃やす。

……おのれ杏咲智、この怒りは若者言葉の「激おこぷんぷん丸」とかいうレベルじゃなく、「この恨み晴らさでおくべきか」くらいのレトロな怨嗟《えんさ》表現じゃないと言い表せない。

「拍子抜けするほどあっさり承知した」とか「その程度の気持ち」とか「簡単に手放せる存在」だなんて、こっちが血の涙を流す思いで吐いた言葉をよくもそこまで歪曲《わいきょく》できるものだし、自分が二十六で三十二よりちょっと若いからって、何度も「ひとまわり年上」って強調しないでほしいし、この歳まで未経験だったのを「生ける都市伝説」と小バカにしといて「年上の手練手管」なんて、そんなものないと知りつつわざわざ言って揺さぶりをかけるなんて、いままで恩人のキューピッドだと信じて心の中で何度もした感謝の土下座を返せ……！　とハンカチを嚙みたい思いで親指の爪を齧《かじ》る。

そういえば、キューピッドは惚れ薬を塗った矢で恋を成就《じょうじゅ》させるだけでなく、わざと結ばれたらまずい相手に矢を放って悪戯《いたずら》したり、相手を嫌いになる薬を塗った矢で恋仲のふたりを裂いたりもするらしいし、やっぱりあの人は正真正銘の悪いキューピッドだった、と思わず羽根のある天使のコスプレで舌を出す杏咲の姿を妄想してしまう。

なぜここまで仲を引き裂こうとするのか、本当に仕事のためなのか疑わしく思えてきて、まさかマネージャーとしていつもそばで見ているうちに恋情《れんじょう》を抱き、恋人がいると聞いて逆上して無理矢理別れさせようという鬼の所業に出たのでは、と閃《ひらめ》いて真白はハッと息を飲む。

その可能性は充分に考えられる。もし自分がマネージャーだったとしても、怜悧を担当したら絶対性的な目で見てしまうに決まっているし、と心当たりを覚え、真白は急いで彼に問う。

「ねえ怜悧くん、杏咲さんに恋人がいるか知ってる？　あと、いままで杏咲さんからセクハラまがいのスキンシップとかされたことない？　たとえばサイダーのＣＭの撮影後に、シャワー浴びてるところに闖入《ちんにゅう》してきて舐《な》めるような目つきで眺めまわされたり、打ち上げとかで酔っぱらってキス魔のフリしてきたり、ロケ先のホテルの部屋がダブルしかなかったって同じベッドで寝かされて、寝相が悪いフリで抱きつかれて身体をまさぐられたりしたことは……!?」

極悪マネージャーならやりかねないことを勢い込んで訊ねると、

『……え。なんでいまそんなわけわかんないこと聞くんですか?』

とやや呆れ気味に言いながら、

『どんな相手かは詳しく聞いてないですけど、恋人はいるみたいですよ。あと杏咲さんは俺を送ってくれるために外でお酒飲まないから、キス魔かどうか知らないし、あの顔で怪獣みたいな鼾《いびき》かくから、同室だと俺の安眠妨害《ぼうがい》になるからって必ず別々の部屋にしてくれるし、シャワーを覗かれたり、無意味に触られたりしたこともないですけど』

と怪訝《けげん》そうな口ぶりで事実を教えてくれる。

なるほど、ちゃんと恋人もいて、こんな存在自体が罪な尊《とうと》い推しの間近にいてもけしからん振る舞いはしていないようだから、恋愛感情ではないのかもしれない、とひとまず安堵する。

じゃあやっぱりただの仕事熱心な熱血マネージャーで、スキャンダラスな相手との交際は阻止せねば、という行きすぎた使命感で妨害しているのかも。マネージャーとして正しいことをしていると信じている相手の考えを変えるのは一筋縄ではいかないかもしれない。

あちらが折れてくれるまで正攻法で説得するとしても、向こうも譲らず強硬に諭《さと》してくるだろうし、毎日長時間一緒にいるのに険悪なままだと怜悧にとっても辛いだろうから、なにか策を講《こう》じなければ、と真白はしばし黙考《もっこう》してから提案した。

「ねえ怜悧くん、明日杏咲さんに会ったら、『昨夜《ゆうべ》真白さんと話し合って、やっぱり別れようっていうことになりました』ってちょっと沈んだ声で伝えてくれない?」

『え……?』

なんでそんなこと、と戸惑った顔で聞き返され、真白は計画を続ける。

「あのね、たぶん杏咲さんに正面から『交際を許してください』ってふたりで頼んでも、『危険だからダメ』って却下されるだろうし、怜悧くんがいくら『別れません!』って頑張っても、『言うこと聞け! 真中旬だって恋愛禁止なんだぞ!』って向こうもなかなか折れてくれないと思うんだ。ふたりがギスギスしちゃうと一緒に仕事しづらいだろうし、杏咲さんはこの件以外では有能なマネージャーで、なるべく揉《も》めないほうがいいから、口では『別れた』って言って、そういうそぶりをしつつ、実際にはこっそり隠れ交際を続けるっていうのはどうかな」

あまり誉められた方法ではないが、裏をかいて出し抜くことを提案すると、怜悧は『いいですね』とさっきまでのぶうたれ顔をまばゆい笑顔に変え、すぐに『……けど、俺』と案じるように眉尻を下げた。

『さっき杏咲さんと別れるとき、「杏咲さんがなんと言おうと、どんなになだめすかしても脅《おど》しても、真白さん本人に嫌いになったって言われるまでは、絶っっっ対に、なにがなんでも、金輪際《こんりんざい》別れませんから!」って捨て台詞吐いちゃったんです……。だから、急に明日コロッと「別れることにした」って言っても信じてもらえないかも』

「……そ、そっか……、そんなに力強く言い切っちゃったんだ……。じゃあ、明日じゃないほうがいいかな」

杏咲対策は微調整しなければならなくなったが、そこまで全力で立ち向かってくれたのか、と感極まる。

じいんと歓びを嚙みしめながら、

「えっと、じゃあ怜悧くん、信憑性《しんぴょうせい》を出すために三日くらい間をあけてから、『真白さんから、いろいろ考えたけど、俺のことはこの先はただの推しとして嗜《たしな》むだけにするって言われちゃいました……』って杏咲さんの前でお芝居してくれる？　『ほんとか？』って言われたら、『はい、やっぱり滅多《めった》に会えないのが物足りなかったらしいし、楽しい現場の裏話とかだけじゃなく、急に売れて馬車馬《ばしゃうま》みたいに働かされて溜まったストレスのはけ口にされて、愚痴《ぐち》とか弱音とかさんざん聞かされて、意外とヘタレなんだって幻滅したらしいし、年下男子のお守《も》りはいい加減疲れたって言われちゃって、かっこいい公式だけ愛《め》でられればいいってボロクソに言われました……』とかほんとっぽく言ってくれないかな」

そんなことは一ミクロンも思ってもいないが、杏咲が聞いたら納得するかもしれない嘘の別れの理由を並べる。

途端に怜悧はスマホ画面の中で凍りつき、

『……そ、それ、真白さん、ほんとにちょっとはそう思ってるんですか……？　す、すいません、俺、真白さんがいつもなんでも優しく聞いて励ましてくれるから、いい気になって甘えちゃって……、もうこれからは一切ヘタレたことは言わないようにしますから……！』

とがばりと詫《わ》びられてしまい、真白は「えっ！」と目を剝いて全力で否定する。

「違うから！　いま言ったことは全部作戦のための大嘘だから！　怜悧くんが俺だけに仕事の悩みや迷いとかを聞かせてくれるのは、俺にとってはありがたいファンサや福音《ふくいん》でしかないし、もっと聞かせてほしいとしか思ってないよ！　ヘタレた怜悧くんを見ると、『俺が笑顔にしてあげたい！』って血が滾《たぎ》るだけで、幻滅なんてするわけないし、いくらでも甘えてほしいし、甘やかしたくてたまらないから、全然反省なんてしなくていいし、むしろ反省しちゃダメだから！」

若者をスポイルするダメな大人になり果てながら叫ぶと、

『……ほんとですか？　でも、もしこの先俺になにか不満とか文句とか気になることができたら、絶対我慢しないで言ってくださいね？　俺、真白さんに捨てられるの絶対嫌だから』

と怜悧は真面目な顔でありえないことを言い、言葉を継いだ。

『真白さんもクリニックの愚痴とか海来《みらい》さん語録とか、もっと遠慮しないでたくさん聞かせてください。真白さん、すぐ俺の睡眠時間とか体調とか気にしてくれちゃうけど、三十分余計に寝るより、真白さんの声を聞いてるほうが回復するし、俺も真白さんが俺にしてくれるみたいに、真白さんを癒《いや》したいし、元気にしたいし、甘えてほしいし、包んであげたいんです』

真摯《しんし》な眼差しと声音《こわね》で告げられ、年下なんて思えない包容力にじわりと目の奥が熱くなる。

大好きな推しという以上に、ひとりの男性としての怜悧に改めて恋をしながら真白は言った。

「……ありがとう、怜悧くん。でもほんとに怜悧くんの存在自体に感謝しかなくて、不満とか文句なんて、いまもこの先も、きっとお米粒に描いた大仏様の肉髻《にっけい》ほども感じないと思うし、怜悧くんがいるだけで俺は元気百倍で、そばにいないときも、一分一秒怜悧くんに包まれてる気持ちで生きてるから」

すべて心からの言葉だったが、また暑苦しいし、大仏も若者言葉の語彙《ごい》にはなかった、と口走ったあとハッとする。

怜悧はキモオタ臭も年配臭も特に気にならなかったようで、

『……ねえ真白さん、杏咲さんに『別れました』ってお芝居するのは三日後だし、いますっごく甘えたくなっちゃったので、またお願いしてもいいですか？　通話H』

とおねだり上手の年下男子の顔で照れくさそうにリクエストしてくる。

本当はもうすこし杏咲対策を詰めたかったが、甘える推しほど可愛いものはなく、真白はぽっと頬を赤くしながら頷いた。

＊＊＊＊＊

「ねえ真白《ましろ》、大丈夫？　特殊メイクなしで『屍人《しびと》来たりて鵺《ぬえ》が啼《な》く』に出られそうな顔になってるよ？」

「……ああ、あのゾンビもの……、号泣《ごうきゅう》したよね……」

診療後に海来《みらい》と一緒に器具の一時消毒や診察室の掃除をしながらぼんやり答えると、

「え、泣いたの？　そんな泣けるシーンあったっけ？　怖すぎてチビるならわかるけど。ねえ、やっぱ疲れてるんじゃない？　ちょっと前まで飲んでたテンションあがる怪しいサプリ、飲むのやめちゃったの？」

と心配そうに顔を覗きこまれる。

「……え、サプリ……？　そんなの前から飲んでないよ……？」

真白は次亜塩素酸《じあえんそさん》の消毒液で診察台を拭《ふ》きながら張りのない声で答える。

杏咲《あずさき》を出し抜くと決めてから三週間、口先だけでなくちゃんと別れたと信じさせるために、真白と怜悧《れいり》は本当に一切の私的なやりとりを断《た》っている。

怜悧は才能ある役者なので、そこまで本格的に役作りしなくても失恋して気落ちしている小芝居をするくらいたやすいとは思うが、こっそり送ったメッセージに気が弛《ゆる》んでへらっとしたところを身咎《みとが》められて疑われるとまずいので、念には念を入れることにした。

あのあと三人でまたオンラインで会い、本当に円満破局してくれるのか確かめられ、文鳥砲《ぶんちょうほう》を浴びたらマズい2ショットやSNSのやりとりを消してほしいと言われ、ひそかに事前にデータを移しておいたので目の前で消去してみせ、「DAILY《デイリー》 REIEI（E）《レイイリー》」も閉鎖《へいさ》した。

それくらいしないと杏咲を欺《あざむ》けないような気がしたし、怜悧の出演作の感想はブログに綴《つづ》らなくても直接本人に伝えられる身分になれたので、この機に卒業することにした。

あーやちゃんには「どうして急にやめちゃうの⁉」と驚かれたが、ブレイク後に新規のファンにコメント欄《らん》を荒らされたことがあり、そのことと本業が忙しくてブログを更新する暇がないという理由を捏造《ねつぞう》して伝えると、あーやちゃんも過去の盗撮行為を叩かれていまは控えているので、一応納得してくれた。

この三週間、怜悧はミュージカルの初舞台に立っており、東京公演の二十五日間の公演中、わずかな休演日も別の仕事が入っている過密スケジュールをこなしている。

有名な舞台役者のブログに、毎日声量を落とさずに舞台に立つには最低七時間の睡眠が必要と書いてあり、いくら若くて度胸があってもやり直しのきかない一発勝負の舞台は体力的にも精神的にも消耗《しょうもう》するはずなので、ちゃんと休んで体力を温存してほしい。

いくらこっそり舞台の感想を送りたくても、感動を短くまとめるのが難しいし、電話も短く切り上げる自信がなく、千秋楽《せんしゅうらく》まで我慢するつもりだが、それまで連日やりとりしていたのでフラストレーションが尋常ならないほど募《つの》っている。

以前は本人に言えなくてもブログに吐きだせたが、閉鎖してしまったので、怜悧の公式SNSにRTや「いいね！」をすることしかできない。

贅沢《ぜいたく》な不満だとわかっているが、推《お》しと自分だけの秘密のやりとりという最高の幸せを知ってしまったあとでは、公式の彼を推すだけではすぐ味の消えるガムを与えられたようなもので、いくら強く噛《か》みしめてしつこく咀嚼《そしゃく》し続けても、物足りない気持ちだけが残ってしまう。

初舞台の初日と楽日《らくび》のチケットを怜悧からプレゼントされていたが、特等席に自分が座っているところを杏咲に見られたら破局が偽装とバレてしまうので、泣く泣くそのチケットはあーやちゃんと海来に譲り、自分は休診日の公演の目立たぬ席を買い直し、二階の最後列の端から変装して鑑賞し、終演後は素早く劇場を後にして杏咲の目を逃れた。

舞台のほかにもドラマや平日の帯の料理番組などふんだんに供給があり、演技やトークに心奪われて魅了されることに変わりはないが、「すごくよかったよ！」と直接本人に伝えて「ほんとですか？　やったー！」と天真爛漫《てんしんらんまん》に喜んだり照れたりする素の反応を見られないことがこんなにも辛いものなのか、と恋人としての怜悧不足に日増しにメンタルが蝕《むしば》まれていく。

一応クライアントの前では気力を振り絞《しぼ》っているが、海来の前ではつい気が抜けて、薄くなった影を濃くする力も湧かずに心配されてしまう。

「ちゃんと夜寝てる？　ごはんはお昼は普通にお弁当食べてるけど、朝と夜も食べてる？」

「……うん、食べてるよ……、たぶんあと四日で見違えるように元気になるはずだから……、ごめん、素でゾンビ化して心配かけて……」

自宅のカレンダーに千秋楽までカウントダウンしているので、解禁日を思い浮かべてうっすら口元に笑みを刷《は》くと、海来はビクッと怯《おび》えたように身じろぐ。

「真白、ちょっと怖いんだけど、その笑顔。ほんとに大丈夫？　あと四日って、なんでそんなはっきりしてるの？　よくわかんないけど、原因がわかってるなら早く元気出してよね」

今日奨《しょう》ちゃんがごはん作ってくれてるから一緒にうちで食べていきなよ、と誘ってくれたが、恋人とラブラブのふたりを見たら、羨《うらや》ましさでゾンビ化が進んでしまいそうなので、丁重に辞退する。

帰宅後、夕飯を推し部屋に運んで、怜悧グッズに囲まれながら食べていると、あーやちゃんから電話がかかってきた。

『ミライちゃん、明日の怜悧くんのイベント、何時に待ち合わせする？』

「あ……、それ、俺行くのやめようかと思ってて……」

明日は千秋楽前の最後の休演日で、怜悧は新宿の猪ノ首《いのくび》屋書店で初フォトブックの発売イベントでミニトークショーとお渡し会をすることになっていた。

告知されたのが二ヵ月前だったので予約整理券を申し込んで確保し、フラワースタンドも手配していたが、現場で怜悧のそばにいるはずの杏咲に顔を見られたらマズい。

三週間も禁断症状に耐えながら生怜悧断《だ》ちを断行してきたのに、ここで迂闊《うかつ》に杏咲の視界に入ればこれまでの苦労が水の泡になってしまうので、涙を飲んであーやちゃんにそう告げると、

『えー、なんで⁉　せっかく探しまわらなくても怜悧くんの居場所が明確なんだよ？』

と追っかけの先達《せんだつ》らしい言葉で理由を問われる。

「……そうなんだけど、きっと来るのは女の子ばっかりだろうし、目立ちたくないから……」

杏咲の目に止まりたくないという事情を、ほかのファンの目を気にしているような言い方で濁《にご》すと、

『平気だよ、そんなの気にすることないよ。男のファンがいたっていいじゃん。ほかにもいるかもしれないし、せっかくふたりで『ときめき隊隊員一号&二号より』ってフラスタ贈るのに、行かないなんて残念すぎるじゃん。怜悧くんの初めてのトークショーと握手会は人生で一回しかないんだよ？　これから何回やっても二度と同じ怜悧くんは見られないんだよ？　きっと現場に行かないで、参加したファンのSNSで怜悧くんがなにしゃべったかとかあとで読んだら、やっぱり行けばよかったたって絶対後悔すると思うよ！』

とオタクの心情を突いて畳《たた》みかけてくる。

確かにそうだ、と呆気《あっけ》なく説得され、真白は参加することに決める。

ただ杏咲に見つからないように列には並ばず、会場の仕切りの壁の外からトークショーに聞き耳を立て、あーやちゃんに会場内で見た怜悧の様子を聞いて雰囲気だけ味わうことにした。もし杏咲に見つかったとしても、偶然近くまで往診《おうしん》に来てふらっと本屋に寄っただけと言い抜けられるように包交《ほうこう》セットを持参して、翌日あーやちゃんと連れだって会場に向かった。

書店の特設スペースには、正方形のフォトブックが市松模様のように飾られた雛壇《ひなだん》があり、関係各位から贈られたフラワースタンドがいくつも並び、整理券を持つ大勢のファンが一般客の邪魔にならないように整列しながら待っているのを目《ま》の当たりにし、うちの怜悧がこんな人気者になって……、と思わず母心でほろりときそうになる。

ほとんどが女性だったが、中に数名男性も混じっており、

「ほら、ほかにも男のファンいるから、別に隠れなくても普通に並んじゃえばいいじゃん」

とあーやちゃんに言われたが、

「いや、えっと、前にも言ったけど、俺、追っかけしてること本人に知られたくなくて……、怪我させた奴が堂々と顔出すとキモオタストーカーと思われちゃうし、怖がらせたくないから、やっぱり壁越しに声だけ聞いて、ここであーやちゃんの報告を待ってるよ」

と苦しい言い訳をし、ふたりで「あなたは魅力に満ちている」「光輝《こうき》を放つ」という花言葉で選んだラナンキュラスのフラワースタンドの前で写真を撮ってから、彼女だけ列に送りだした。

イベントの開始時間になり、「キャー！」という黄色い声が仕切りの壁越しに聞こえたので、怜悧が登場したのがわかった。

司会役の書店員からの紹介のあと、

「こんにちは、神永《かみなが》怜悧です。今日は初フォトブック『ＲＥＩＲＩ　ＦＩＲＳＴ』の発売イベントにお越しくださってありがとうございます。こういうイベントは初めてなので、とても楽しみにしていました。どうぞよろしくお願いします」

と三週間ぶりに聞く舞台の台詞《セリフ》以外の彼の生声に、きゅんと胸が震える。

マイク越しの穏やかで優しい声を新鮮に聞き、こういう声だったんだ……と改めてこの声が大好きだと噛みしめ、禁断症状の強さも思い知る。

司会から振られた撮影秘話などの話題に怜悧が如才《じょさい》なく答えるのを聞きながら、先に見本をプレゼントしてもらって千回くらい見たフォトブックを脳内でめくる。

続いてファンからの質問コーナーになり、若い娘の声が壁越しに漏れてくる。

「怜悧くんの得意料理はなんですか？」

「んー、卵焼きと焼きそばかな。すいません、料理番組のアシスタントしてるのに」

会場が笑いに包まれ、真白も微笑《ほほえ》みながら、彼が作ってくれた卵焼きや焼きそばを食べたときのことを思い出して、ときめきと喜びと、すこしだけ自分が入れない中にいる会場内のファンたちに優越感を抱く。

「フォトブックに結構セクシーショットがありますけど、いい身体のことをなんて誉められると嬉しいですか？」

次に聞こえたあーやちゃんの声にぎょっとしていると、

「……なんだろう、普通に『いい身体してますね』かな。……あっ、じゃなくて、『フェロモンでエナジードリンク作りたい』って言われたいです」

また会場がどっと沸く中、壁越しに真白はひとりうるりと瞳を潤《うる》ませる。

会場内に自分の姿がないのに、こっそり聞いているとバレているんだろうか、それとも、彼もいつも想ってくれているのかな、と胸が締め付けられる。

「怜悧くんの子供の頃の夢は野球の選手だったそうですが、もし俳優になっていなかったら、なにになりたいですか？」

それは聞いたことなかったな、と真白も耳をすまして答えを待つと、

「そうですね、俳優を頑張りたいですけど、あえていうなら、『ニットの貴公子』かな。編み物まったくできないんですけど、男でもそういうのが器用にできるってかっこいいと思うので、時間ができたらやってみたいです」

とまたさらっと自分の言葉を引きあいに出され、真白は何度も繰り出される自分への想いのこもった回答にときめきすぎて嬉しすぎて、泣いてしまいそうになるのを必死に堪《こら》える。

それからいくつかの質問のあとお渡し会に移り、壁伝いに人いきれが徐々に動く気配や、女

子の舞いあがった奇声や「ありがとうございます」という怜悧の爽《さわ》やかな声がしばらく続く。

横を通る一般客に不審な目を向けられつつ、壁際に張り付いて気配だけ堪能《たんのう》していると、

「ミライちゃん、お待たせ」とあーやちゃんがフォトブックを手に戻ってきた。

おかえり、どうだった？　と早速様子を聞きながら立ち去ろうとしたとき、突然会場から
「キャーッ！」という耳をつんざくような女性の悲鳴と怒号《どごう》が聞こえた。

「え……」と真白は息を飲んで振り返る。

「君、なにを！」「うるさいっ、こいつが」「杏咲さんっ！」「血が……！」などの言葉がきれぎれに耳に飛び込み、なにが起きているのかわからないが、怜悧が事件に巻き込まれたことだけはわかり、真白は迷わず会場内に駆け込んだ。

「怜悧くんっ！」

叫びながら飛び込むと、ふたりの男性店員に取り押さえられた若い男の右手にはビスのついた黒いメリケンサックがはめられ、驚いた顔で「真白さん……」と目を瞠《みは》る怜悧には傷は見当たらず、女性店員にハンカチを差し出されている杏咲の左のこめかみから鮮血《せんけつ》が滴《したた》っていた。

なぜファンの男がこんな暴挙に出るのか困惑しつつ、ひとまず怜悧が無事なことを目視《もくし》し、真白は鞄《かばん》を抱えて杏咲に駆け寄った。

「大丈夫ですか？　傷を見せてください。ちょうど消毒の持ち合わせがありますので」

そう言いながら鞄から滅菌《めっきん》ガーゼを取り出して傷に当て、女性店員に「私、医者なんです。

外にいたら『血が』って聞こえたもので」と突然しゃしゃりでてきた怪しさを誤魔化《ごまか》す。

杏咲は（なぜあなたが）と言いたげな目をしながらも、医師の手当ては必要だと思ったのか「お願いします」と小声で言った。

店員がバックヤードに案内してくれ、ソファに杏咲を横たわらせて顔の下から肩にかけて処置用シーツを敷き、創部《そうぶ》を確かめる。

「これは痛かったでしょうね。すこし縫《ぬ》いましょう」

「えっ」とやや怯《ひる》んだ声を出す杏咲に怜悧が「大丈夫ですよ、真白さんの腕は確かですから」と口添えしてくれ、テーブルに包交セットを広げて滅菌手袋をはめて処置を始める。

「でもどうしてこんなことに……？　あの男性はなんの目的で杏咲さんを……？」

傷を縫いながら問うと、「いや、俺を狙って殴りかかってきたのを、杏咲さんが庇《かば》ってくれたんです」と怜悧がしゅんとした様子で言った。

「そんな、どうして……？」

彼がどこかで恨みを買うような振る舞いをしていたとも思えないし、有名人に暴力を振るって報道されることで注目されたいという歪《ゆが》んだ自己顕示《けんじ》欲が理由だろうか、と思いながら問うと、杏咲が言った。

「たぶん、シュガバレのヤバめのファンだと思います。『れいなすに触りやがって』とか言ってたので、MVを見て嫉妬したんじゃないかと」

「え……あれは虚構《きょこう》だし、仕事なのに、そんなことでこんなひどいことを……」

自分も推しを愛する気持ちは人後《じんご》に落ちないキモオタだが、病んだ愛情から人を傷つけるなんて、それもこの世の奇跡の神永《かみなが》怜悧を傷つけようとするなんて許せない、と怒りに震える。

真白は丁寧に縫った創部を目立ちにくい肌色のテープで留め、頬や頭皮《とうひ》に流れて乾いた血の跡を消毒綿で綺麗にしながら杏咲に言った。

「杏咲さん、あなたには若干《じゃっかん》思うところがありましたが、顔に傷を負《お》うのも厭《いと》わず身を挺《てい》して怜悧くんを護《まも》ってくださったことには、感謝の言葉しかありません」

すべての処置を終え、滅菌手袋を外してから真白は居住まいを正した。

「杏咲さん、聞いてほしいことがあります。三週間前に、怜悧くんと別れると約束しましたが、あれは嘘でした。彼とは別れていませんし、これからも絶対に別れません」

「……」

初対面のときに言うべきだったことをいまきっぱり告げると、杏咲は横たわったまま目を眇《すが》め、ゆっくり身を起こそうとした。

肩に手を添えて助けると、杏咲は小さく真白に会釈《えしゃく》してから、怜悧に視線を向けた。

「……怜悧も示しあわせて俺に嘘を吐《つ》いてたのか？」

そう問われて「はい、すみません」と怜悧も頷く。

杏咲はまだ承服《しょうふく》しかねる表情でふたりに言った。

「俺は『オタク的なファン』を恋人に持つのはハイリスクだと経験上知ってるから、推奨はできない。さっきのメリケンサックの男だってそうだし、なにするかわからないところがあるからな。昔アシマネのときに女性アイドルを担当してて、恋人が元ファンで、すごく誠実そうだったから信じて交際させてたら、いざ関係がこじれたら豹変《ひょうへん》して、ヌードやハメ撮り画像をネタに事務所を強請《ゆす》ったりして、すごく大変だったんだ。だから、怜悧の恋人が同性のオタクファンって聞いて、絶対却下だと思った」

過去にそういう事例が実際にあったから過剰防衛されてしまったのか、と理解はできたが、納得するわけにはいかない。

真白は膝の上でぐっと両の拳《こぶし》を握り、杏咲に言った。

「でも杏咲さん、俺はその人たちとは違います。怜悧くんの害になるようなことは死んでもしないと誓えます。もし振られても、彼を社会的にも物理的にも抹殺《まっさつ》しようなんて思いもよらないし、ひっそり心停止するだけです。……この三週間、恋人としての彼がいないとダメなんだと痛感しました。怜悧くんと笑いあえない人生なんて生きる意味がないし、怜悧くんも俺がいたほうが幸せだと思うんです。もう破局のフリはしませんし、許しも乞いません。反対されても譲りませんし、また言いくるめようとしても今度は負けませんので」

また弁舌《べんぜつ》で丸めこめるチョロい相手と侮《あなど》られないように敢然《かんぜん》と言い切る。

対峙《たいじ》するように無言で真白を見つめる杏咲に、怜悧が横から膝を曲げて目の高さを合わせな

がら言った。

「杏咲さん、真白さんと別れたフリをして、騙《だま》したことは謝ります。杏咲さんがいつも俺のためを思ってくれてることも、いろいろ先回りして配慮してくれてるのもわかってるし、感謝もしてます。ほかのことなら全部杏咲さんを信じてついていくって決めてるけど、これだけは認めてもらえませんか？　お願いします、真白さんとの仲を許してくれたら、杏咲さんが言ってた『真中旬《まなかしゅん》を超える国民的スターになれ』っていう目標、『やー、足元にも及ばないし』なんて最初から諦めないで、本気で目指せるようにいままで以上に頑張りますから……！」

がばりと頭を下げて懇願《こんがん》する怜悧を、杏咲はしばらく黙って見つめてから、ちらっと真白にも目をやり、ふうと諦めたような吐息を漏らした。

「……まあ、私も乙坂さんのことは過剰反応して勇《いさ》み足だったことは認めます。あなたには恨《うら》まれて当然のことをしたので、もしかして麻酔なしでジグザグに縫われたりするんじゃないかとちょっと怯えたんですが、まともに手当てをしてくださったし、この三週間、怜悧が元気がなくて気になってたし、仲を認めればもっと頑張るということなので、充分気をつけるという条件つきで許可してあげてもいいです」

どんな権限があるのか、上から目線な台詞でやっと杏咲が折れてくれ、真白と怜悧が顔を見合わせて微笑もうとしたとき、バックヤードのドアがノックされた。

「すみません、警察の方がお話を聞きたいとのことなんですが」

書店員が警察官と共に入ってきて、真白も杏咲の怪我の程度や処置の内容、凶器と創部の合《がっ》致性《ちせい》や何故ここに居合わせたかなどあれこれ聞かれ、怜悧と杏咲も聴取《ちょうしゅ》後に次の現場に行かなくてはならず、会釈だけして慌ただしく別れた。

使用済みの局所麻酔用の注射器や縫合《ほうごう》用の糸や針などを片付けて鞄にしまってからバックヤードを出ると、壁際にあーやちゃんが立っていた。

「あ……」

さっき会場の悲鳴を聞いたときから完全にあーやちゃんのことを失念して、声も掛けずに置き去りにしてしまったことに今頃気づき、

「ご、ごめんっ、あーやちゃん、帰らないで待っててくれたんだね」

と大慌てで謝ると、あーやちゃんは物言いたげに真白を見つめ、「……とりあえず帰ろ」と踵《きびす》を返す。

店内を通って外に出てから、あーやちゃんは神妙な声で言った。

「……あのさ、ミライちゃん、さっきバックヤードの外で待ってたら聞こえちゃったんだけど、ミライちゃんって、怜悧くんとつきあってるんだね」

「……っ！」

ぎくっと息を飲んで思わず足を止める。

……しまった、「絶対別れない」とかすったもんだを一部始終聞かれたのなら、どう取り

繕《つくろ》っても誤魔化せない、と青ざめていると、あーやちゃんも立ち止まり、こちらを見上げた。

「書店員さんにも聞かれたらマズいと思って『今処置中みたいで』ってドアの外でブロックしといたけどさ、そういう仲になってたんだったら、なんで私に一番に教えてくれなかったの?」

結構深い友達だと思ってたのに、とすこし拗《す》ねた顔で言われ、

「……そ、それは、俺もそう思ってるけど、だから余計、もし話したら、あーやちゃんとの仲が終わっちゃうんじゃないかって思って、怖くて言えなかったんだ。ただでさえ男のキモオタなのに、ゲイで、抜け駆けもしたなんて……」

しどろもどろに伝えると、あーやちゃんは「はあ?」と眉を寄せた。

「ミライちゃんがゲイとか前から気づいてたし、私は怜悧くんの造形美が好きなんだって何度も言ったよね。ミケランジェロのダビデ像を超好きみたいなもんで、別にダビデ像とつきあいたいわけじゃないんだってば。だからめっちゃ気の合う推し友が、なんでか推しとくっついたって聞いたって『よかったじゃん!』って思うだけだし、恋人特権で怜悧くんの大殿筋《だいでんきん》の接《せっ》写《しゃ》、もし撮れたらくれとか言うだけだよ」

あーやちゃんはさばさばそう言って二、三歩歩きだし、まだ動けずにいた真白を振りかえり、

「ほら、行くよ」と手首を摑んで引っ張ってくる。

帰りの電車で「ねえ、ほんとに大殿筋、頼める?」「ダメ」などといつもどおりに話しながら、いつもどおりでいてくれるあーやちゃんの友情を改めて嚙みしめ、このまま「ときめき隊」

を解散せずに済むことを心から嬉しく思った。

＊＊＊

帰宅後、また身を清めてから推し部屋で今日放送分の怜悧の料理番組の録画を鑑賞していたとき、彼から電話がかかってきた。

『真白さん、こんばんは。今日は本当にいろいろありがとうございました。イベントに来てくれた御礼も、杏咲さんの治療をしてくれた御礼もろくに言えずにバタバタしちゃってすみませんでした』

送迎中の車中らしく、小さくエンジン音も聞こえる中、怜悧に礼を言われ、三週間ぶりの生電話に悶《もだ》えながら首を振る。

「ううん、御礼なんて。お役に立ててよかったよ。今日のイベントは隠れて参加してて、壁越しに声だけ聞いて帰るつもりだったから、思いがけず顔が見られて嬉しかったし」

そう言うと、運転席から『先ほどはお世話になりました』と杏咲の声が聞こえる。

『乙坂さん、実はいまそちらに向かってまして、今日治療していただいた御礼と言ってはなんですが、怜悧を一泊させてやってください。明日の朝迎えに行きますので、それまでご随意《ずいい》に』

「え……」

事務的に告げられた破格の申し出に真白はぽっかり口を開ける。

「……い、いいんですか⁉　嬉しいですけど、明日も舞台があるし、七時間以上寝ないと声が」

本当にいいのかとおろおろ確かめると、

『まあ、主に喘《あえ》ぐのはあなたでしょうから、行為は一回で終わらせて早く寝てくれれば問題ないでしょう。その一回も長時間にならないように留意して、怜悧が何度も盛《さか》るようなら、あなたがはねつけてください』

と赤裸々《せきらら》すぎる事細かな指示をされ、『杏咲さん、言い方』と怜悧が苦笑してつっこむ。

敏腕《びんわん》マネージャーはそんなことまで管理するものなのか、と唖然《あぜん》としつつ、でも本当に杏咲が味方になってくれたんだ、と実感していると、車の止まる気配がした。

本当に家のすぐ近くから電話していたらしく、

『じゃあいまから行くので、ドア開けてくださいね』

と車を降りるところで通話がオフになった。

真白は慌てて推し部屋を飛び出し、エントランスを解除しに行く。

急に来られたら困るほど散らかってはいないが、三階の自宅玄関に彼が辿《たど》りつくまでの間にサササッとそのへんを片付け、スリッパを置き、マウスウォッシュで口を漱《すす》ぐ。

ピンポンとベルが鳴り、胸を高鳴らせながらドアを開けると、「真白さんっ！」と呼びながら入ってきた怜悧が変装用のキャップとマスクをむしり取り、ぎゅっと抱きしめて唇を塞《ふさ》いでくる。

「ンッ、ンンッ……んぅ、ん……っ」

久しぶりに味わう彼の唇と舌の感触に一瞬で全身が蕩《とろ》けそうになる。

いくら最高に興奮する通話Hでも、このキスの歓《よろこ》びと快感までは得られない、と思いながら前戯《ぜんぎ》のような深くて長い官能的な口づけを貪《むさぼ》りあう。

「……真白さん、もうベッド行くまで我慢できないから、ここでしていい……？」

ようやく唇をほどいたあと、荒い息で欲情を隠さずにねだられ、真白も肩を喘がせながらこくんと頷く。

その場で性急に服を剝《は》がされ、壁に向かって立たせた真白の背後に膝をつき、怜悧はいきなり奥の蕾《つぼみ》を舐《な》め上げてくる。

「アッ！　……怜悧くっ…、ん、ん、ぁんん……っ！」

早く繋がりたくてたまらないという仕草で後孔《こうこう》を舐めまわされ、舌をねじこまれて抜き差ししながら、前も握られて尖端を捏《こ》ねまわされる。

「あっ、あ、きもちい……、すご、怜悧くっ……、あぅんっ……！」

「やっぱり……通話Hじゃ全然足りなかった……。本物の真白さんの、この肌の感じ……、たまんない……っ」

怜悧は尻たぶに顔を埋《うず》めるように頬ずりし、手の届くすべての場所に触れようというようにまさぐってくる。

「はっ、あぁ、怜悧く…っ、も、挿《い》れて…、おねが、早く挿れて……っ！」

たまらず叫ぶと、「いいの……？」と掠《かす》れた声で問う怜悧にがくがく頷き、いますぐ欲しいと尻を突き出してねだる。

ごくっと喉《のど》を鳴らす音とカチャカチャ前立てを開く音が聞こえ、がしっと腰を摑まれる。

「あ、あぁあぁん……っ！」

ぐぐっと立ちバックで繋げられ、久々に受け入れた衝撃に目の前に火花が散る。

「あっ、あんんっ、きもちい、怜悧く…、うんんっ……！」

力強く打ち込まれるたびに爪先《つまさき》から脳天《のうてん》まで痺《しび》れが走り、囲うように回された両腕で乳首と性器も揉《も》みこまれる。

涙と涎《よだれ》を零《こぼ》しながら激しい抽挿《ちゅうそう》に身をゆだね、こんな快感をくれる愛《いと》しい相手のものを内襞《うちひだ》できつく締めつける。

「……ぁ、すごい……真白さん、ヤバい、…出していい？　中に……」

「ん、うんっ、出して……っ、怜悧く…、俺もイっちゃ、あ…あぁあーっ……！」

壁に縋《すが》って達したと同時に、身の奥も熱いもので濡らされる。

ずるりと抜き出されてくずおれかけると、掬《すく》いあげるように姫抱っこされた。

人生初の姫抱っこに目を見開き、

「れ、怜悧くん、ダメだよ、下ろして、重いもの持ったら明日舞台に支障が……」

とときめきを押し隠して俳優の恋人として遠慮すると、

「大丈夫です、真白さん、そんな重くないし、鍛《きた》えてるから。……それよりすいません、俺、玄関先でがっついちゃって」

とまた最中の容赦《ようしゃ》ない腰遣いの雄っぽさを潜《ひそ》めて可愛げしかない態度で寝室まで運んでくれようとする。

うっとりと目を閉じて推しの胸に抱かれる歓びに浸《ひた》っていると、「あれ、この部屋ドア開いてる」という呟きが聞こえて真白はぎょっと目を剝《む》く。

電話をもらう直前までいた推し部屋は電気もついたまま施錠《せじょう》もしておらず、大画面に彼のドアップが一時停止になっている。

「ちょ、待って、怜悧くんっ、見ないでっ、あっち向いて！」

慌てて制止したときにはすでに遅く、真白を抱いたままひょいと中を覗いた怜悧は「……わ、壮観」と驚いたように言いながらそのまま中に入ってしまう。

「……これ、全部真白さんが作ったんですか……？　こんなポスターとか抱き枕なんて売ってないし、人形とか手作り感あるし」

興味深そうに一周され、真白は腕の中から転げ落ちるように床に下り、がばりと土下座をして震える声で詫《わ》びた。

「……ご、ごめんね、こんなにたくさん勝手にグッズ作っちゃって……、キモいよね……」

カタカタ震えながら「さすがにこれはちょっとアウトかな」と呆れ声が降ってくるのを覚悟していると、肩を抱くように起こされる。

「すごいな、とは思うけど、全然キモくないし、超嬉しいですよ。こんなことまでしちゃうほど俺のこと好きなのかぁって、めっちゃテンション上がりました」

にこっと顔面偏差値《へんさち》の暴力ともいうべき笑顔で告げられ、一瞬視界が白く霞《かす》み、秒で臨死体験をした心地になる。

「ほ、ほんとに？　やりすぎって引いてない……？」

この神対応は本当に本心からだろうかとおどおど確かめると、怜悧はちょっと悪戯《いたずら》っぽい企《たくら》み顔で尻ポケットからスマホを取り出した。

「じゃあ、おあいこだっていう証拠を見せてあげます。俺もちょっとやりすぎって引かれるかもしれないこと、勝手にしちゃったんです。真白さんが自分で駅に行ったときに気づいて『わぁっ！』って驚いて欲しかったんですけど、先にバラしちゃいますね」

これ見て、と向けられた画面には、見慣れた最寄り駅のホームに設置された広告看板が映っている。

その看板には「乙坂クリニック」の文字と連絡先、診療科と一週間の開業日と時間、クリニックのＨＰに載せている白衣の真白の顔写真が白と青の薔薇《ばら》に囲まれ、「あなたのお悩みに寄り添い、誠実で確かな技術で、もっと自分を好きになれるためのお手伝いをいたします」という海来が考えたコピーが添えられていた。

真白は呆気に取られて目を瞬《しばたた》き、にこにこしている怜悧を見上げて声を絞《しぼ》り出した。

「こ、これ、どうしたの……？　こんなのわざわざ注文してくれたの？　こんな一番大きいサイズの駅広告って高いよね？」

おろおろしながら問うと、怜悧はかっこいい決め顔で言った。

「おかげさまで結構稼《かせ》げるようになったし、俺が沼嵌《はま》りしてる推しは美人で腕のいいお医者さんなので、推し活《かつ》したかったんです」

至近距離からのウィンクと胸直撃の殺し文句にバタリと倒れそうになりながら、真白は「怜悧くんっ！」と最愛の推しにしがみつく。

「ありがとう、怜悧くん……！　怜悧くんのこと一生好き。一生推すから、怜悧くんも俺のこと、一生推して？　推してもらえるように一生頑張るから……！」

「一生」しか語彙力《ごいりょく》を失くして身の程知らずな願いを口走ると、怜悧は「俺の推し、可愛すぎ」とキュン死にしそうな笑顔でぎゅっと抱きしめてくれた。

あとがき

AFTERWORD

―小林典雅―


こんにちは、またははじめまして、小林典雅《こばやしてんが》と申します。

本作は駆けだしの若手俳優と、彼にひとめぼれした美容外科医の推《お》し活ラブコメです。

真白《ましろ》は沼に嵌《はま》ると極めるタイプで、私も昔某《ぼう》グループの全国ライブを制覇《せいは》して上司に夏休みの取り方について説教されたこともあるのですが、いまはすっかり推し活から遠ざかっているので、真白とあーやちゃんが夢中で怜悧を推しているシーンはすごく楽しんで書きました。

それから、この本でトータル三十冊目になりまして、十八年目でこの冊数なのでお恥ずかしい限りなのですが、自分ではよくぞマニア受け路線のままここまで生き延びた、と感慨《かんがい》深い気持ちでいっぱいです。すべて読んでくださる読者様と寛大な新書館様と担当様のおかげです。

メジャーとは程遠い私にも、「典雅作品が辛《つら》いときの心の支えです」とか「典雅作品は必需品です」など過分な御言葉をくださる読者様もちょっぴりいてくださり、本当にありがたくて、駆けだしの怜悧《れいり》が無償の愛で推してくれる真白に惹《ひ》かれる気持ちはものすごく感情移入しながら書きました。いつも応援ありがとうございます！　こちらこそ支えられています！

芸能人と一般人の恋模様を書くのはこれで二作目で、怜悧が憧れる事務所の先輩・真中旬《まなかしゅん》は「国民的スターに恋してしまいました」というシリーズの主役です。旬にもキモオタ彼氏がいるのですが、そちらはすでに売れっ子の大スターと一般人が出会う話だったので、今回は無名の新人役者を推す物語にしました（書き下ろしではあっという間に売れますが）。

　旬以外のコラボネタは、作中の「きっと最後の恋だから」のドラマ原作者は「あなたの好きな人について聞かせて」という本の受で（路郎《みちろう》は作家の卵からドラマ化されるほど人気作家になりました！）、怜悧が出演したＭＶの半獣《はんじゅう》設定は「恋する一角獣」という本の攻の属性で、半獣ばかりが住む村があり、黒豹《くろひょう》の怜悧はそこ出身かと（こじつけすぎ）、あと杏咲《あずさき》は新人のときに「スターのマネージャーも恋してしまいました」の樫原《かしはら》に指導を受けたことがあり、口の悪さがうつってしまったという裏設定です（あと担当タレントの夜の管理まで口を出すところも）（笑）。うっすらコラボですが、未読の方は是非そちらもお手に取っていただけたら嬉しいです。

　あと現実では未だコロナはおさまりませんが、せめて物語の中だけでも収束した後ということにしたくて、気休めでも早くこうなるようにと願って設定しました。

　そして今回は憧れの橋本《はしもと》あおい先生に挿絵を描いていただけました。可愛くてエロい眼福《がんぷく》の挿絵は三十冊目の自分へのご褒美《ほうび》にさせていただきます。本当にありがとうございました！

　真白と怜悧の同担《どうたん》拒否の推し活ラブを楽しんでいただけたら嬉しいです。三十一冊目以降も明るくて心和《なご》むビタミンＢＬを書いていきたいです。また次の本でお目にかかれますように。

この本を読んでのご意見、ご感想などをお寄せください。
小林典雅先生・橋本あおい先生へのはげましのおたよりもお待ちしております。

〒113-0024 東京都文京区西片2-19-18 新書館
[編集部へのご意見・ご感想] ディアプラス編集部「ひとめぼれに効くクスリ」係
[先生方へのおたより] ディアプラス編集部気付 ○○先生

- 初出 -
ひとめぼれに効くクスリ：小説ディアプラス21年ハル号（Vol.81）
両想いに塗るクスリ：書き下ろし

[ひとめぼれにきくくすり]
ひとめぼれに効くクスリ

著者：小林典雅 こばやし・てんが

初版発行：2022年8月25日

発行所：株式会社 新書館
[編集] 〒113-0024
東京都文京区西片2-19-18 電話（03）3811-2631
[営業] 〒174-0043
東京都板橋区坂下1-22-14 電話（03）5970-3840
[URL] https://www.shinshokan.co.jp/

印刷・製本：株式会社 光邦

ISBN978-4-403-52556-8